刘冰 著

行走世界之巅

梦想与征途的五堂课

暨南大学出版社
JINAN UNIVERSITY PRESS

中国·广州

自序

教育，除了言传还有身教。

生命是一次无畏的旅行，它的意义在于超越自我。人生要有一次壮游，读一读世界这本书，读一读写在书上的课外知识。

"智者乐水，仁者乐山"。游学是传统而又现代的一种学习教育方式，古人云，"读万卷书，行万里路"，离开自己熟悉的环境，到另一个全新的环境里学习和游玩，是个体验学习的过程。

人生要有梦想，我一直有去远方游历的梦想，这梦想在家人的支持下实现了，在实现自己梦想的同时，也经历了很多事：

2011年，我骑行川藏线，故事有关艰险、崩溃、安全。

2012年，我独自骑行珠峰大本营，故事有关寂寞、勇气和意志。

2012年，我带大学生去世界之巅，故事有关公益、责任和体验。

2013年，我重走圣人路，故事有关忍耐、极限和文化。

2014年，我们带孩子去珠峰大本营，故事有关尝试、坚持和自信。

孩子还很小的时候，生活除了无穷的欢乐之外，偶尔也会难受。作为独生子女，万一将来亲人不在身边，独自面对这个世界时，孩子该如何生活？我能以什么方式告诉孩子如何学会坚强，学会生存？

我需要把这些真实的故事记录下来，在孩子成长过程当中，用这些故事给孩子讲一些人生道理；在孩子独自面对这个世界时，能够坚强勇敢地生存，在人生最困难的时候感受到老爸的鼓励。

我的第一次游学选择生存游学，人的生命只有一次，如何提高生存意识，保全自己的生命，是我游学所要体验的内容。

川藏线被视为世界上最险的公路之一，被称为"世界公路灾害百科全书"。选择骑行川藏线，是因为可以实现去远方的梦想，也可以直接观察到很多学校里观察不到的东西，直接体验生命的触动。拿这些生命的体验在课堂上与学生分享，胜过空洞的说教。

当我说我要骑车去拉萨的时候，老婆完全震惊了。一个从没上过高原的宅男，居然还有这样的冲动？为这事我们争吵过几次，老婆开始坚决不同意，作为一个有家有口的男人，去做这么危险的事，谁能放心？

后来又争吵了几次，我列举了很多理由说明那儿的风险并没有想象的大，告诉她我做了很多准备工作，如何应对高原反应，如何组队，如何回避风险等。总之，我要证明我是不会有事的。

我和老婆说，不管多困难，男人一生都要做一件自己梦想做的事。后来老婆看到我对梦想的执着和坚持，只得同意了，还转而支持配合我的行动，安排好家人与孩子，让我放心出门。

在我走之前，318国道雅江段突发泥石流，道路中断。当电视中播放救灾的画面时，老婆问我还去不去。我想了下，还是坚持要去。老婆也没再说什么。

那一天，我带着梦想与激情上路了。送我去机场时，老婆说，专心骑车，不用管家里的事，安全第一。当我在路上的时候，老婆的亲属和同事朋友得知此事，有的批评她为什么放心让我去做那么危险的事。为了我的远行，她承担了很大压力，不断地向父母解释说明并进行安慰。一路上她为我鼓劲加油，也常常提醒我骑车是为自己的，不是给别人看的，该搭车的时候还是要搭车。在路上，我也常常暗自后悔，我为什么要出来，我为什么不好好待在家里，过着温暖舒适的家庭生活，享受平淡如水的日子。

当我从拉萨平安归来，老婆去机场接我时，看到我又黑又瘦的样子，忍不住笑了。我知道，没有老婆的支持，有些旅行将永不会启程，有些梦想将终成泡影！

笔　者
2015年6月15日

目 录
contents

2011年

第一堂课

安全第一　骑行川藏线

梦想的力量

在未知的世界里旅行，不但需要说走就走的勇气，还要有与生俱来的本能和无法言达的直觉。我写下这些路上的故事，希望能传达一个理念：在路上，生命是美丽的，安全永远第一。

刚骑完川藏线时的心情是激动的，日子久了，就不想提起了。我能够出发，只是因为比别人多了一个假期而已，其实人人都能做到。骑行川藏线并不能证明什么，只是生活中多了一种与众不同的生存体验，从而改变自己对世界的认知和实现自我的超越。

骑行是为了那份感动。有个 40 岁的女车手说，有一年她坐车去西藏，当汽车爬到山顶，看到骑车的人一个个艰难地骑到了山顶，全车人集体为他们鼓掌，刹那间她非常感动。回家后她也买了辆自行车开始训练，第二年骑车去拉萨，不为什么，只为那份感动。

骑行是为了那份梦想。曾经有个独行车友，在路上受困时，遇到一个自驾越野车旅行的司机。司机把车上吃的全给了他，还跟他说："我骑不动了，谢谢你帮我完成这个梦想。"在物欲的世界里，骑车让人看到了梦想的力量，这种力量正是人们所渴望的。

年轻的时候，我们不要停止梦想，虽然这种梦想不是生活的全部。去远方会让自己收获一种感动，在路上会看到很多和自己一样的人，向着同一个目标前进，原本陌生的人们可以同吃同住同行，互相信任，友善互助，让人感觉到精神的归属和梦想的力量。

最困难的是出发

去成都之前，我每天骑车 40 公里训练自己，碰上下雨天，还穿着雨衣徒步，体验雨季的感觉，模拟各种可能出现的问题。但是广州的山很少，我缺少爬坡能力的训练，然而正是这种无知无畏，让我勇敢出发。

我在各个骑行川藏线的 QQ 群发帖组队。要知道一个人上路是不安全的，只有与队伍同行，危险才会减少。另外，人是社会性动物，路上也需要跟人交流。

很快，很多同学报名加入了我的队伍。真正出发的时候，却只剩下寥寥数人。经历过才明白，有种旅行，最困难的是出发，而不是在路上。

铁蛋同学约上了石头同学，出发的时候，又约上了他的高中同学林医生一起走。林医生刚刚辞职，正没有方向，虽然他从没有骑车旅行的经历，但还是决定一起骑行。

四川成都老黑是公益界的知名人物，我走之前在网上认识了他。他对骑车加公益的事情很有兴趣，说我们到了成都后要请我们吃饭。见面之后才了解到，他还在成都文殊院里面负责素食培训，在他盛情邀请下，我们享受了一顿素食午餐。2011 年的 10 月，我在网上看到新闻，谢娜和张杰结婚的全素婚宴，就是他带领团队完成的。

老黑建议我们最好剃光头出发。我们没听他的，后来到了康定，连续多天吃灰加上无法洗澡，头发都结块了，觉得悔不当初，集体剃了光头。吃完饭，老黑又给我拟了一个出师表，让我大受感动。

离开文殊院，一个和尚叫住了我，问我们是不是骑车去拉萨，我说是呀，他说他也准备去，我看着他身上的和尚着装，以为他是开玩笑的，不过还是留了个电话给他。

没想到这个和尚，2013 年上了网易新闻的头条。

一支奇特的队伍

我们约好从成都武侯祠门口广场出发，这里一早就有一队队车友拍照留念启程。寻欢同学和僵尸同学找到了我们（僵尸同学由于名字中有个"疆"字，就被人称作"僵尸"了），他们是地理专业的师范生，两个人是很要好的同学。小胖销售一直在广场上守着，他是搞销售的，这次出来骑车减肥，觉得我们这队有爱心，就加入了。

我们凑齐了七个人，磨蹭到 9 点多才出发。骑了不久，铁蛋同学的车爆胎了，真是出师不利。我们又等了一会，170 公里的骑行才正式开始。

骑出市区不久，就碰上了暴雨台风，路面上还躺着一些被风刮断的树枝。一路上和乌云比赛，要么拼命骑离头上这朵乌云，要么拼命骑着不让乌云追上。

下午吃完饭，和尚打来电话，问了一下我们的位置，要我们等等他。我和大家说我们又要多一个成员了。

我们等上了和尚，问了一下他的情况，原来他是个佛学院的大学生，利用假期出来云游的，去年假期骑了青藏线，今年在毕业前打算骑川藏线，就这样我们组成了一支奇特的队伍：难不成我们是陪和尚去西天取经的？

现在我们这支临时组合的队伍人马到齐了，队伍名号"毅行单车队"。成员有老刘（我）、和尚、小胖销售、铁蛋同学、石头同学、林医生、寻欢同学和僵尸同学八人。

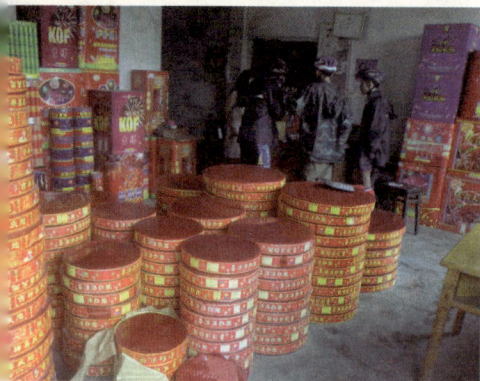

在路上被狗追是件很痛苦的事情。来之前我就研究过应对办法，比如停车捡石头，躲在自行车后面，和狗绕圈圈等。后来武汉的万同学告诉我，他因为318国道发生泥石流，改走了317国道，路上碰到两只狗追他，一直追了近40公里，他骑得差点背过气去，还好一路不是上坡。

路过一个鞭炮店时，铁蛋同学说停一下。我们进去买了一堆摔炮，要是狗来了，可以吓吓。

路面上很多起伏路，爬坡和平路骑是两回事，要尽量降低踏频，按照自己的节奏骑，避免追赶其他人，但我们都没有接受过专门的训练，踏频过快把膝部肌肉拉伤了，连吃了八天芬必得止痛。

早出发早到达才是个安全的好习惯。我们第一天就犯了错误，夜骑了。路上没有路灯，大货车经常从身边经过，非常危险。到了休息地一看，大家要么拉伤，要么就是大腿酸痛不舒服，但是年轻人的特点是恢复得比较快，睡一觉第二天就没事了，我们年纪大的就恢复得慢点。林医生拉伤后，后面几天骑行，都是用手按着大腿发力骑行。和尚有经验，穿着僧衣，驮着很重的行李，不紧不慢地骑着，虽然每天常常落后很多，但是总能赶到，晚上到了住宿的地方，就用独门活络油擦腿。

我买的驮包质量较差，带的东西多，在过颠簸路面时居然把左边驮包带子震断了，只好把东西重新收拾了一下，带着半只驮包走川藏了。

骑得最快的最晚到

到了雅安，车友纷纷认错，去邮局把单反之类可以不带的行李都寄走了，尽最大可能减轻负重。

这一天开始就有山要爬了，石头同学是我们这一行中腿力最强的，他一马当先，让我们望尘莫及。后来打电话问他在哪，他说正在下坡，很爽，快到县城了。

再仔细问下，他才发现自己走错了岔路口，下了 20 公里的坡跑去芦山县了，让我们等他回来。我们中午在餐馆吃完饭，一边休息一边等他。由于淋了暴雨，我们就把衣物挂在自行车上晒，然后无聊地睡觉，过了几个小时，他才爬回来，说下次不敢了。

前进的方向很重要，走错了方向，要白走很久，在野外，很可能带来安全问题。如果换成体力弱的，根本爬不回来。

雨夜骑行

7 月的川藏正逢雨季，一天中常常有半天时间是下雨的，雨中没什么风景可言，所以无法得到网上游记的相片中的体验。我后来常劝别人最好不要在雨季去川藏，运气不好的话，看到的全是雨。

往新沟走时，夜色沉沉，暴雨如注，在大山沟里，手机信号时有时无。我们各自骑行，无法联系。我估计前后的队员离我有五到十公里。离新沟还有十多公里时，天完全黑了下来，雨夜中骑行，给人带来极大的恐惧感。黑夜给了我黑色的眼睛，我却用它来骑车。

我的手电筒只能照亮前面十多米的路，地面是湿滑的，不敢骑快，怕冲下悬崖。一个人在路上，碰到如此坏的天气，总会有很多复杂的想法。黑夜本身就让人不安，如果有野兽出现，该往哪儿逃？要是有打劫的，我该怎么办？路过里程碑时，总要默算距目的地还剩多少公里。后来居然产生奇怪的想法，要是有劫匪出现就好了，打劫完了，我就不用再骑了。

九点多，终于看见了路边的灯光。我们几个先到的坐在饭馆外面，边吹水边等后面的队员。最后还差和尚没到，心想千万不要出什么意外。后来总算看到和尚不紧不慢地骑过来，他总是一个速度，一个踏频，脸上保持着平和的微笑。

吃饭的时候，坏心情一扫而空，开始兴奋地描述路上的情况，所有困难和障碍都成了笑谈。快乐有时是很简单的，历经艰辛之后，一个热水澡、一顿饱餐，就能让我们体验到无穷的乐趣，所有的磨难也成了有趣的经历。

穿越二郎山隧道

第二天一早起来，雨过天晴，山在一层薄雾之间，像仙境一样，让

人心情愉悦。美丽的风景就是劳累后的最好奖赏。

我们决定分批出发，骑得慢的先走，骑得快的来追。找到和自己一样速度和节奏的伙伴相当重要，我注意到路上大部分的骑行队伍都有快队和慢队两组，快队先去订房、等人，慢队继续赶路。也有的队是跨天的，前面快一两天的组就向后方汇报路况。

我注意到路上的一个危险因素。盘山公路很窄，路面仅能容纳两辆汽车同时并行。在骑行时，有时会看到对面来辆大货车，紧接着大货车后面会有另一辆大货车超车行驶，这时候自行车将无路通过，必须停车让大货车先走。如果是骑车下坡转弯时，碰到两辆汽车并行，很可能来不及避让。后来在路上听说的几起伤亡事故，都是这个原因：下坡，转弯，没减速，遇见汽车超车。

二郎山隧道位于四川省雅安市和甘孜州交界的二郎山，长约4 180米。这是千里川藏线的第一个咽喉要塞，到了这里，所有骑行者做的事是一样的：停车拍照，休息吃东西。

进入隧道前，我们

互相提醒了安全问题，"靠边靠边，开车灯"。进入了隧道，"轰"的一下世界不同了，耳边全是大货车经过时产生的轰鸣声，震耳欲聋，感觉大货车是在自己头上行驶。在隧道里骑行一定要镇定，不能摔倒，更不能并排骑行，特别是有大货车经过身边时，遇到特殊情况应停下来避让。

出了隧道，眼前景色大变，苍茫的群山连绵无尽，路口有远眺大渡河的标志，山下蜿蜒的长河就是当年红军长征路过的大渡河。我们算是正式进入了高原。

用婚假出来骑车的小胖销售

到了泸定，时间还早，但是我们考虑到已经连续两晚夜骑了，决定原地休息，顺便让大腿伤痛得以恢复。

安顿下来后，大家都跑去网吧和亲朋交流。我和家人视频聊天时，小孩很高兴，隔这么远看到老爸。老婆很关心路上的安全问题，我怕她担心，只能说很轻松，这一路上没啥事，很容易就把山翻越了。

这一天大家都很轻松，晚上在泸定广场吃饭，背景是一座巨大的高山，在这吃东西的感觉很好。小胖销售很会聊天，给我们讲了很多故事。我们问他哪有这么多时间来骑川藏线。他说他是把婚假加上年假一起算才有空出来的。

川藏线上骑车最多的是大学生，一般人很难有一个月的长假期，还有就是辞职来的，完成一次梦想的旅行。对绝大部分人来说，这也许是一生只有一次的旅行。

我突然觉得，当老师虽然有些时候会觉得很单调，但是对爱好旅行的人来说，当老师还真是一份不错的职业。

康定没有情歌

去康定的路正在大修，尘土飞扬，吃灰都快吃饱了，大部分的路面只能边推边骑。和尚速度和我差不多，经过一个下坡时，可能是不小心捏了前刹，翻车了，但是他马上起身拍了拍，一点事没有。原来他穿的衣服比较厚实，腿上有绑腿，摔倒时他肩膀先落地，滚一下就没事了。

我突然觉得，和尚的打扮装束是有一定道理的，和尚宽大的衣服，非常透风，路上一定很凉爽，和尚有绑腿，根本不怕蚊虫叮咬，摔车也不怕。这装备实在太重要了，但是在路上，我看到很多车友的装备却实在太简单了。

前面一个车友反骑回来，问我们有没有看到一双防晒袖套，原来他在停车休息时，脱下袖套放在边上，走时忘记带上了。在这太阳下面，如果没有袖套，双手会晒伤，然后一层层地脱皮。他反骑了十多公里，又倒回来追他的队员，超过我们的时候，我们问他找到袖套了没有，他表示很失望。平常在家里看不出整理和收拾的习惯有多重要，在路上却是绝对重要的。

路上碰到一个大学生，他说出来骑车的目的就是戒网瘾。确实，出来骑车，山高水远，天天赶路，没有电脑在身边，手机信号又经常不好，根本就不想上网了，看来骑川藏线还有治网瘾的功能。

进入康定县城后，坡度巨大，一路酷热暴晒，让人发晕无力。路过一个小村庄，名字叫瓦斯村，我在想，这里难道产煤气？我看到路边有商店卖冷饮，就坐下来喝冷饮、吃冰棒。老板见到有人来了就打招呼："哥们，停下来休息会吧！"自己在烈日下骑车，别人在悠闲地喝冷饮，这画面是让人受不了的，很快就有一大帮车友也坐下来喝冷饮，然后就走不动了。但是走不动也还是要走，休息够了只能出发，骑一会就找个路边的树荫躲一会，因此，总能见到树荫下坐着一排人。

路上又碰到了和尚，和尚的巨大行李袋像个百宝箱，他从行李中掏出一支瓶装的葡萄糖给我，说喝点这个能增强体力，喝完后果然感觉体力增强。我之前还觉得奇怪他为什么不嫌重，后来才发现出门多带点备用的东西总是没错的。

我跟和尚一起爬到康定时，时间已经接近8点了，由于路上一直没有补盐，大腿实在酸痛得无法忍受，所以最后几公里爬得都想落泪了。

晚上吃饭时，邻桌来了一群自驾的，和我们聊了起来。听说我们一天能骑一百公里，很是佩服。他们说这种天气和路况，他们一天也只敢开一百公里左右。估计是晕车吧，他们点的很多菜没吃，走时问我们要不要，我们毫不客气，把他们没吃的菜全部端过来了，菜量一下子增加了一倍，这是多么丰盛而让人愉悦的晚餐啊！

同样是行走川藏线，自驾游的很佩服骑行的，碰到一起，有时会给一些东西表示敬意。往后的日子里，不断有自驾客给我东西，但是信任和友善是不能被透支的，这社会是个生态圈，这边透支了，那边就会减少。

晚上和铁蛋同学聊天，他说他在路边休息，站起来时，山上一块落石刚好落在他坐过的地方，惊吓不已。

康定是进入高原前的最后一个城市，过了康定，以后想买东西就很难了。我到药店买了两瓶氧气，后来这两瓶氧气，自己没用上，一瓶给了一个有高原反应的车友，一瓶给了刚到拉萨因高原反应流鼻血的游客。大家没有忘记成都老黑的教导，都去理发店剃了光头或是板寸。这种天气，头发出汗后容易结成硬块，没水洗澡时，非常难受。和尚很高兴，因为又多了七个"和尚"。

我将光头照发到微博上，老婆评价说是个"小帅锅"，哈哈。

为新开客栈题字

翻越折多山是在康巴的第一天，有些人在翻越折多山时，发生了高原反应，被迫提早结束骑车去拉萨的行程。第一次上高原，还是慎重点好，所以我们到了折多塘就原地休息。

我们找到离山最近的一家旅店停下来休息，这家店刚开张不久，老板娘非常友善，给我们做了饭，还做了三个大盆菜，也帮我们准备了早餐，连吃带住加晚餐和早餐，只收我们40元每个人。吃饭的时候，老板娘不断问我们要不要加菜，这是川藏线上唯一一家不停给加菜的店，我们都说，感动得快哭了。

老板娘说请我们帮忙题字，她旅店外面的墙还是雪白的。一路上的

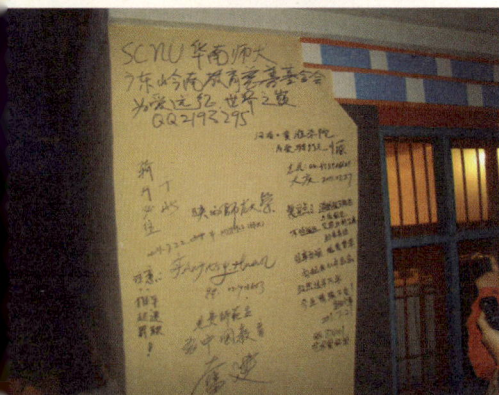

旅店都是车友的涂鸦，这是一种文化，住在店里看别人的涂鸦也是件有趣的事。我很乐意帮这个忙，人生第一次帮别人题字。

小胖销售题的都是一些很文艺的词，目的是拍下来给他女友看。把情书写在川藏线上，也算是一种前所未有的浪漫。他写道：

> 繁星点点，跨越银河能否与你相见
> 不怕遥远，又盼此刻飞奔到你身边
> 往事如烟，魂萦梦牵
> 勾起我心中思念
> 纵然追寻万年
> 今生情缘不变

他把婚假都算进去了，才有这一次旅行，本打算回去后就结婚，后来却出了意外，我感觉非常难受。

僵尸同学很实际，直接一句"骑行必住于此"。寻欢同学很有师范生的教育情怀，"免费师范生为中国教育奋进"。

这一路上，已经看出每个人都很有自己的特点，铁蛋同学性格爽朗，果敢坚定，有主见；石头同学老实忠厚，沉默寡言，他的河南普通话经常让人听不太懂；寻欢同学气质温和，肚子里有不少学问，有文艺青年气息；僵尸同学阳光帅气，很有明星相，可惜没有去演电影；林医生很简单，同学叫来就来，叫走就走；小胖销售很随和，非常有亲和力，让人很喜欢和他交流；和尚永远是那样专注和坚持，随遇而安，坚韧不拔，挂着招牌式的微笑，他虽然慢，但是永远不会掉队，不管多晚，他总会不紧不慢地骑过来。

第一次体验高原反应

折多塘海拔 3 300 米，晚上很安静。为了对付第二天的高山，我们早早上了床。我和和尚住一间，和尚在睡觉前还要打坐修行。我看着他在床上一动不动，很是佩服，觉得要向他学习专注、坚持、乐观的精神。从不用担心和尚到不了，也没看过他表现出烦恼的样子，睡觉前还这么专注认真地修炼功课。

我不是和尚，我只管睡去，晚上做了很多梦，梦见自己在不停地爬坡，无穷无尽的坡，还有一些更吓人的事。后来问大家，基本都做了噩梦，据说这是高原反应的初步症状。

一早我们就起床出发了，怕起晚了又要夜骑，毕竟这是康巴第一关，我们一生中所碰到的最高的山，会不会有高原反应，谁也不知道。

在我出发前，各论坛就在转发，5 月有一个女骑友在折多山下坡的时候，由于车速过快直接冲下山摔死了，多么让人恐惧。

路上我碰到一支广州大学生车队，他们自称"小太阳车队"。队员有小杨、志骏、翔仔、小鱼、小峰等六人，他们是在大学城外环认识并组队的。因为都是来自广州的，大家显得非常亲近，以后的骑行中我们也经常碰到。我骑得慢，好处就是认识了很多车友，看到了很多别人没看到的事。

可能是因为昨天晚上没睡好，我爬到半路就困了，坐在路边休息，然后躺下睡了一小会儿。迷糊中有人对我大叫，我睁开眼看了一下，原来有车友路过见到我，还以为我死了，吓一大跳。高原上不能随便睡

觉，有时一睡就长眠不醒了，想到这点，我强打精神，继续起来爬坡。来到山顶，人晕晕的，想找个标志物拍照，但没有找到。

其实爬山只要坚持慢，一般是不会出现高原反应的，下坡只要坚持慢，就不会飞下悬崖。在路上只要记住"慢"这个字，多观察，就不容易出事，人的直觉本能会保护自己的。

下新都桥有40多公里的下坡，路况出奇的好，蓝天白云，草原牧马，漂亮的藏式民居，犹如一幅壮丽的画卷展现在我面前，这时候觉得前面的劳累全是值得的。面对透蓝的天空，不知是不是太阳紫外线太猛烈的问题，我感动得快要哭了。

不知不觉中，我的码表就显示车速是55公里/时，吓了我一大跳，赶紧减速，溜一会儿，再停车拍照休息一会儿。在新都桥时，我听说有的车友下坡居然放到了75公里/时，但是他们表示再也不敢了。

几天后，我在芒康的旅店边上休息时，看见一个车友在散步，和他交谈了一会儿。他戴着帽子，总是想遮住脸，原来他在新都桥摔了车，脸部擦到了地面，大片皮没有了。虽然受了伤，但是又不想一个人回去，于是他就一次次地坐车到前面等他的队伍。他的队伍是我在路上见到的下坡最慢的队。

这支队伍一路上经常碰到，我给它取名叫未名车队，队长是个非常忠厚的年轻人，队员有近十名，有一个女生，还有一个准备骑完后到美国读研究生的眼镜同学。

被暴雨打垮了

原本以为折多山是最难爬的山，爬高尔寺山的时候，才觉得它是小case，后面每一天都觉得前一天是小 case。

爬土山坡和爬公路坡是两个不同的概念，爬土坡阻力更大，还要吃很多灰，不过我已经不害怕高原反应了。爬到了坡顶后，面前出现大片壮丽的草原。草原上有牧马，有牦牛，还有星星点点美丽的小花。居然在高原也能看到草原，我置身其中，久久不愿意离去。

下山时风很大很冷，如果长期被风吹，老了容易落下病根，所以我穿上抓绒衣，再把雨衣雨裤全穿上，雨帽也戴上，然后用头盔盖紧。我把车的座包调到最低，双脚可以完全站在地面上，这

样可以降低重心，刹车时人也不至于飞出去。我在路上见过一个车友，屁股直接坐在车货架的驮包上面，这样重心靠后很安全，下 72 拐时我也用了他这招。

之前我感觉下山很容易，后来才明白这是因为前些天下的山都是硬质路面，但这一次下的全是碎石土路，因此是一种完全不同的、让人崩溃的体验。下山要控制车速，不然在碎石上容易滑倒冲出悬崖。还有汽车经过时，扬起的尘土吸到肺里会让人非常难受。

之后开始下大暴雨，土路全变成了泥路，我只能往山下冲，一个坑一个坑地冲过去，车子在路面上有时会腾空飞起，然后落下去，像是速降，人要时时保持紧张，防止摔倒。再晚一点，雨更大了，路也转进深山里面，天色阴得有点发黑。这时已经不是骑车，而是在逃难。又冷又累又紧张，导致体能消耗非常大，人变得极度饥饿，可是吃的东西早没了，这时候如果有人看见我们，估计会被我们的样子吓到。

和尚后来跟我说，他在下坡时，车子掉到一个坑里面，突然定住，这样骑车，很像速降，感觉老爽了。同样的路，在他眼里，感觉却与我们大不相同。

路边见到一个女车友在商店外的棚子下躲雨，我发现她的自行车没有链条，很吃惊，问她怎么回事。她说她和男朋友等人组了个车队，一起骑川藏线，他们从山上一起骑下来，过泥泞路时男友把链条踩断了，但是男友不想搭车，就把坏了的自行车给她，让她在这里找车，搭车过去，而他用她的车继续骑。

快到相克宗的十多公里处有一家小商店，铁蛋同学他们已经到了这里，除了和尚，大家陆陆续续都到了。和尚是不用操心的，因为他总会到的。我们买了点

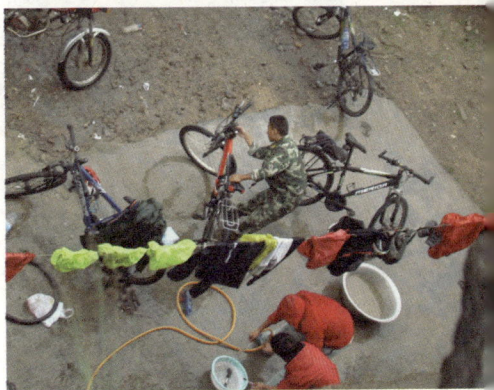

吃的，就坐在地上吃了起来，这时整个人从身体到精神都垮了。

　　我们互相看了看，每个人的衣服鞋子都是泥，脸上也有泥，像是从泥里捞出来的一样。车子也全是泥，增重了几斤。大家都面无表情，没有了往日到达同一个地点时的欢快。

　　前面还有十多公里的泥路，铁蛋同学他们先走了。我精神上有点崩溃，想再休息一会缓一下。这时一个藏族司机走过来，一个劲叫我上车，上车。我跟他说我是骑车的，不坐车，他还一直缠着我说话，说前面的路怎样危险、怎样难走。

　　我往前骑了一两公里，路真是烂得不行，在我出发前几天，雅江发生过泥石流灾害，地上全是烂泥、石头，河床里的石头有的是不久前从山上滚下来的。那司机又开车跟上了我。我可能是今天最后一个骑行者了，真的快崩溃了，还是上车吧。

　　车子开动几百米，对面来了两个骑行者拦车，原来是"未名车队"的眼镜同学和一个女生。上车后眼镜同学对我说，这路根本没办法骑了，全是泥呀，推都推不动了。

　　车一开我就睡了，因为实在太累了。到了相克宗，看到很多车友在

洗车、修车，有的车推过泥路，出了故障了，有的车坏了，不得不准备搭车去修理。

我本想用电吹风吹干自己，预防感冒，没想到这里停电了，而且停了一晚上，因此我只能靠火来烤干衣服、袜子和鞋子。

我问老板哪有洗澡的，老板说楼下有个户外棚子，有太阳能，可以洗澡。我带上衣服去了，一看，这棚子就是塑料围成的一个圈，细雨直接飘进来。我试了半天水龙头，没有一丁点热水出来。面对着苍茫的群山，萧瑟的寒风，我一边抱怨老板的不厚道，一边用冷水擦了擦身子，回去继续烤火。

晚上到未名车队的房间聊天，眼镜同学说这条路太糟糕了，从地理状况上看，他认为还会有地质灾害发生，骑车会比较危险，他准备第二天搭车走。

在我们隔壁，住着两个女车友，居然是来自广州荔湾区的，遇到广州车友我很高兴。她们路上淋了雨，得了重感冒，已经在这里住了好几天了，其中一女生的感冒一直没好，现在她们很想坐车回家。听她们说粤语，我也想念广州了。

这时候和尚也到了。车友们都听说我们这个车队还自带了法师，晚上就有人过来向和尚请教人生问题，非常客气。

我走出房间，站在院子的天台上，望着远山的黑影，想着要和家人说点什么，突然看到房间光线向上照过的天空中，居然飘着一些白点，原来是小小的雪花。

和死神面对面

早上还没起床，就有中巴车司机冲进来喊大家搭车。经过思想斗争，我决定坐车去理塘。路上全是烂路，在停车休息时，见到一辆自驾的小轿车陷在烂泥里出不来，司机在无可奈何地发呆。后来我们碰到塌方，巨石封住了路，汽车堵得长长的。堵车的时候，大家在闲聊中说到了海子山打劫的事情。我在路边看风景，雨雾中的群山，很美。

基本上每个骑川藏线的人开始都不愿意搭车，要坚持用车轮丈量川

藏线的每一寸路，但是从相克宗到理塘这条路，在雨季是无比泥泞的，泥中还有很多碎石，山地车的变速和刹车很容易出故障，货架也很容易断。

车子出了故障，只有两个办法：一是在原地维修，找人把零件从成都寄过来，路上是没有配件卖的；二是搭车到前面的芒康修理。

本不打算搭车的，骑到这里，也可能被迫要搭车。不骑要搭车，骑了也要搭车，人生在有些时候，会碰到两难选择，怎么选都是让人不满意的。

理塘是世界第一高城，在这里，我的高原反应非常明显。住宿的时候我开玩笑说，不敢住上铺，怕海拔太高，有高原反应。前面的海子山一直传说有打劫的，我们只能到处拉人，正好"未名车队"住在这里，于是组个18人的超级大队一起出发，以吓住劫匪。

第二天早上出门时，又拼凑了几个人一起走，一共有20来人。人们在面对危难的时候很容易团结起来，群体的力量远远胜过单个的力量，我们总会找到和自己一起前进的同伴。有时候共患难也是一种难得的经历和回忆。

从理塘出来一路碰到的都是烂路、水坑。骑了20多公里，开始下起了冻雨，还夹着冰雹。我注意到大家全是半指手套，基本没有人穿雨鞋。又骑了一阵，突然有人喊，有人不行了，有个车友没有带雨衣骑行，冻僵了。到底是哪个，我也一直没见到，不过既然大家组队一起出

来，就不可能扔下队友不管。我发现前面有个道班，路边有帐篷，就喊大家一起去躲雨。停下来后身体不运动不发热，大家都冻得不行。

高原骑行，手和脚都要准备防雨的装备。以后的出行中，我基本上都会带一袋保鲜膜，保护手和脚。

有车友打电话报警，想让警察接走冻僵的车友，我们好继续出发。可是这里手机全部都没有信号，无法对外联系。在这待了一些时间，大家都冻得不行，我拿出燃烧块点燃给大家取暖。之前大家一直在骑车，都没时间说话，现在在一起取暖，倒是有机会聊天了，于是又有了欢声笑语。

后来看这样不是办法，身边有冻僵的人，骑还是不骑呢？我们两个队商量各出一个代表，我和眼镜同学回理塘找汽车，把冻僵的骑友先送去巴塘的医院再说。

路上好不容易拦了一辆去理塘的自驾越野车，到了理塘后，旅店老板帮我们找了辆中巴车，司机不愿意只送一个人，他想坐满人才走，这样可以多赚点。

眼镜同学和我商量，如果继续骑，还有一百多公里，到的希望可能不大，要不还是和冻僵的骑友一起搭车走吧。我仔细想想也有道理，问题是大家可能不会同意搭车。眼镜同学说他已经考上美国的研究生，这次出来骑车旅游，然后就去美国读书，不想太冒险。由于手机打不通，我代大家做了决定，搭车去巴塘。

没想到中巴车开出去不到一小时，天就晴了，辽阔的大草原出现在我们面前，实在太壮观了。路上看到两个骑行者，我们扔了一些饮料过去，他们停车捡起来，把饮料举起，感觉他们激动得快哭了。

到巴塘有90公里下坡路，这可能是我们一生中能碰到的最长的下坡了。下坡时，车不停地围着山转弯，我们大部分人都昏昏地睡着了。突然，车一个急刹停住了，我坐在司机边上，睁眼看了看前方，前面还是山，不知司机为什么停车，转眼看司机，发现司机脸色惨白，回头看，铁蛋同学是醒着的，也是脸色惨白，我有点不解，再定睛一看，在我们车前一米不到的地方不是马路，而是万丈深渊！

这一刻，我们都坐在死神的家门口。

车上醒着的人全吓傻了。我下车缓缓神，腿落在地面都是软的。大家在车外议论着，也不知出了什么情况。不过有人讲，不要指责司机，要多陪司机说说话。

司机也缓过神来，我们继续出发，这一下再也没有人敢睡觉了，全都打起精神不敢松懈。

搞笑的涂鸦

由于受了惊吓，我们在巴塘大吃一餐压惊。我不敢再搭车了，搭车比骑车危险多了，骑车最多是累倒摔倒，搭车却是把自己的安全完全交给别人。

当然这些事不敢告诉老婆，只是说，路上挺好玩的。我的心情很是复杂，答应了老婆安全出来，安全回家，自己也没想到碰上这样的事，这万一要出点什么意外，都没办法交代。

我们坐下分析白天的事，结合司机的解释，觉得原因可能是这样的，这个司机提过昨天晚上打麻将打到很晚，估计是没有睡好，在高原开车又缺氧，因此开车时可能处于半睡着状态。下坡时车速比较快，转弯时估计没控制住车，车向悬崖外飘去。这时他应当把车撞上护栏，就没事了。可是司机心疼车，当时那里正好有一大片黄土路面，他就把车开到护栏外的土坡上刹车，幸好是刹住了。

别的车友也说，他们搭另一辆车的时候，司机也是边开车边犯困，他们只有不停地轮流陪司机说话提神。之所以一直不愿写川藏线的回忆，是因为实实在在被吓过。

第二天在巴塘，早上下雨，还停电，我们衣服全是湿的，上午看来是走不成了。在隔壁房间，住着一队昨天晚上全程骑过来的车友，大多是冻感冒了，他们也不敢走了。

驴友住的旅店墙上全是各种涂鸦，墙上有句题词让我印象很深，"哥今天搭车过来，很不爽，明天搭车回去重骑一次"，时间是 7 月 28 号，下面还有一句题词，"哥今天翻到沟里去了"，时间是 7 月 29 号。

既然不走了，和尚和另外几个队友就去市场上采购，买了很多菜回来，中午吃自助烧烤。我也去买了防雨手套。

很多队伍都散了，有的就只剩一个人，有的因为受伤退出，有的因为崩溃回家，有的因为速度不一致而解散。对比一下别的队，我们八人还全在，很不容易，但是看来也可能要重新组队了。

有句话叫饱餐战饭，吃东西可以治好人的情绪，由于烧烤吃得太爽了，大家不愉快的心情一扫而空，又恢复了斗志，决定饭后继续出发。到了金沙江大桥，摆出无数造型和西藏界的路牌合影。回头看别人的川藏游记，都差不多，只不过风景上面换了个人而已。

由于几辆车都有故障，爆胎、刹车失灵或是辐条断了，几个人先去

芒康修车。在芒康雪域宾馆休整一天，前面将迎来五千米的东达山，一年只有一个月不下雪。

小胖销售摔车

在路上，尽量不要抄近路，近路有近路的代价。

去拉乌山时，面对漫长的盘山公路，有些近路真的看着很近，前面林医生和小胖销售开始抄近路了，我也受不了诱惑，下了公路，进入了草地。

在推车过程中才发现，在高原上，只要有一定的坡度，推着就很累。草地起起伏伏的，更不是一般的累，还有乱石、河流等要经过，推车会推到绝望。

这时未名车队的队长在马路上冲我喊："还是上来吧。"我同意了，但是推不动了，他们下来帮我把车推上了路面。一上马路，我才发现风景如此壮丽，我居然还在下面闷头推车。

林医生和小胖销售可能离得太远了，喊半天也没听到，我们只有继续盘山骑行了。快爬到山顶时，路边是几十米高的绝壁，我看到了小胖销售和林医生在绝壁下面找路上山。我到处看了一看，远处好像有路可以上来，但是感觉要从下面推上来不太可能，因为路实在太陡了。我叫他们还是回头找路上公路，但是他们在下面不知是听不见，还是坚持走自己的路，没有理会。我在上面担心了半天，想想还是继续走吧，我也帮不上忙。

拉乌山是下坡的碎石土路，天气很好，下坡下得非常爽，可以体验腾空飞起又落下的感觉，这就是越野的乐趣，但是也有隐忧：如果不小心点了前刹就会翻车。我的驮包重是个优势，重心靠后，下坡时比较稳定。

下了一阵坡，我就停下来休息，防止在高原缺氧的情况下，因为判断力下降而发生事故。这时候我看见林医生和小胖销售从我身边飞过，速度太快了，我喊了一下，他们没理我，继续飞驰而去。我很惊讶他们是如何推上来的，真是牛人！

我又向前骑了一阵，在一个拐弯处，我远远看到小胖销售背对着我坐在地上，林医生蹲在他边上，不知在干什么。来到近前，我看到林医生一脸忧愁，我再喊小胖销售，他慢慢地回头看我，一张血淋淋的脸，我脑袋嗡的一下变得一片空白。

我第一次见到人的脸上有这么多血。他脸上有很多沙土，一层皮从他眼角处撕开耷拉下来，半边脸血肉模糊，眼睛像是要掉出来似的。我吓得全身发软，转过头不想看到这一幕，但是又无法控制情绪，我彻底慌了。

小胖销售似乎处于没有意识的状态，也没有喊痛。林医生说得送到医院去急救，他没带工具没办法，我在路上是随身带着急救包的，马上拿给他。他很镇定地给小胖销售处理伤口，把急救包里的止血带、纱布等基本用光了。

林医生后来跟我说，小胖销售这伤他在医院时见多了，看着很吓人，其实伤并不重，只是破皮而已，但当时我哪里知道这些，我以为是很重的伤，要破相的。

我打了120急救电话，他们问了我们的大概位置，告诉我在如美有个卫生所可以去，回去芒康也有，但是没有急救车可以派过来。

我打电话给铁蛋同学他们，他们刚到了如美，我要他们马上去找卫生所，我在这边拦车把小胖销售送过去。路边的车见到我们都不停，急急开过去，真是让人火大。后来想想拦了也没用，大部分车是没空位的。

未名车队也到了，停下来帮我们拦有空位的车。这支队伍在相克宗，在理塘，在这，在拉萨都碰到了，真是很有缘分。

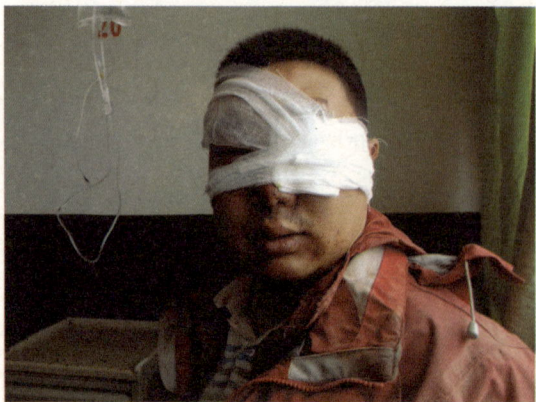

后来实在没办法，我就站在马路中间拦车，拦到一辆浙江的车，车上有两个空位，求司机帮忙送下人，司机见小胖销售身上全是血，犹豫了一下，但还是同意了。林医生和小胖销售先上车走了，我们就慢慢地骑车去如美。

这一次骑车全都小心翼翼，极其谨慎，我们相互提醒，下石头坡是越慢越好。路上碰到一辆来的越野车，铁蛋同学、小胖销售和林医生坐在里面，小胖销售脸上已经包扎好了。铁蛋同学停车跟我说，如美这儿的卫生所治不了，他要送小胖销售回芒康治疗，同时告诉我，和尚他们在前面，叫我过去会合。

我到了如美和大家会合后才知道细节，原来小胖销售到了如美卫生所，卫生所的医生简单处理了下伤口，说还需要缝针，但是这里做不了这么大的手术，只能送去芒康。他们找当地的警察帮忙，当地警察马上到路上帮他们拦了一辆越野车。

我们在如美坐了很久，还听卫生所的医生说，这几天从拉乌山上下来摔了五个，小胖销售这个伤算是最轻的了，其他有的摔断了下巴，有个还撞到了头骨。后来我在拉萨卓吉旅馆住宿时，听到同房的车友说，他也在拉乌山摔了，幸好当时戴了头盔，头盔碎了，人没事。

林医生说，他也是在转弯时见到小胖销售倒在地上的。我们分析了小胖销售摔车的情况，感觉他太大意了，他是个老骑友，带的装备却很简单，没带头盔，也没有带头巾。如果有头盔，脸可能碰不到地面，如果戴头巾，脸也不会和地面磨得那么严重。后来在左贡见到小胖销售，才知道原来还有另外一个原因。

签下免责协议

我们没有心情再骑了，就在如美住下了，前面理塘已被吓了一次，这次又出了这个事，大家情绪都很消沉，在旅店里也不说话。石头同学和我说："老刘，把协议拿出来，我们还是签下协议吧。"

我出发前带了一份骑行进藏免责协议书，在成都时复印了很多份，但是后来觉得签这个伤感情，就没有拿出来。大家心情沉重地在协议上签了自己的名字，然后我发给每个人一份。前面还有 1 000 多公里，回成都也有 1 000 多公里，困在这里，进退两难。这路上的医疗条件这么差，出点事真是难办。

我们在如美相当不好过，做什么事都没心情。边上住了一支武汉的

大学生车队，他们说自己在高尔寺碰到一个女老师，由于下坡时摔破相，只有回家了。他们的队长在路上碰到一个四川的女大学生，就不管队伍了，每天去陪这个女生骑车套近乎。因为这事，他们决定和队长分开了。

晚上铁蛋同学打来电话说，小胖销售被送到芒康医院后，给缝了六针，现在没什么事了；铁蛋同学第二天坐车赶回来和我们一起骑觉巴山。小胖销售没法骑了，到时休息好了再坐车来追我们。

得知小胖销售的伤不是很严重后，我们心情也放松了，第二天继续爬觉巴山，这一天基本是在雨中前进的。僵尸同学知道我爬得慢，一路陪我。这时有辆中巴车经过，上面坐着昨晚一起住的武汉的大学生车友，他们拼命向我们喊"加油"。

爬到半路还碰到一件有趣的事。我把水喝光了，这时一辆 QQ 车从我们身边经过，副驾驶座上的女人见到我们很兴奋地大喊"加油"，我也马上大喊："有没有水呀？"

车马上停下来，男司机拿了两瓶水，一脸笑容地对我们说，前年他也骑过川藏线，今年结婚了，带老婆进藏来看看他曾经骑过的路。他老婆一路等车友讨水喝，重温她老公说的当年这一幕。

到了觉巴山山顶，上面有个废弃的房子，我们在这里休息，这时来了一个骑友，下山时和我们一起走。我问他是否一个人骑，他说不是的，他的队友刚才全坐中巴车走了，他要坚持骑。敢情他就是那个武汉大学生车队的队长，我没敢问他那个四川女生在哪里。

下觉巴山时，铁蛋同学坐车追上了我们，也下来一起骑，这时我们互相提醒，谁的速度也不准超过 30 码。但是过了一段时间，我们的队伍又散了。

到了登巴，碰到大雨和大堵车，路上很泥泞。去荣许兵站的路上，已近黄昏，我基本累垮了，这时一辆摩托车从我后面骑过来，然后减速，默默地陪着我骑，他戴着头盔，也不知长什么样。我开始以为是打劫的，后来才反应过来别人是陪我骑的，我深受感动。他是骑摩托车进藏的，到了荣许，我请他吃了一顿饭，告诉别人，这是我朋友。

在荣许，我们住的是超级大通铺。几十张床平铺在一起，估计睡了有 30 多个车友，老板在人堆中找了一个空位给我。很多车友早早睡了，我在炉边烤火，想烘干湿袜和湿手套，但是不留心烧着了手套，手上烫出一个大泡。

难忘东达山

在去东达山的路上，我停在路边休息啃点干粮，这时一个大学生车友过来，问我借点吃的，他说他的假期时间有限，就一直赶路，今天忘记带吃的。我把吃的全给了他。他又问我有没有刹车皮，这个我没有给他，因为我自己只有一对了。

食物给了那个车友后，我爬了两个小时，饿得没力气，就坐在路边发呆。路上为了减重，我一般只带一天的干粮。后来想想这样不太对，为了防止万一，最好每次带够两天的干粮。

路边很多修路工人开着拖拉机在来回地搬材料，我望着他们，他们也望着我。到了中午，我跑过去跟修路工人说了下，让他们带我回道班。我问有什么可帮忙的，做饭工人叫我帮忙炒菜，我们把整整一大盆茄子倒在锅里，边加火边慢慢翻炒。炒完菜，我又去烧了一些开水。吃饭时大家聊开了，工人们说他们大多来自云南，有的已经在这里待了五年，都没有回过家。有个队长模样的工人对我说：“你们这些车友真是闲得没事，有钱有时间出来骑车，不如去支教。”

我赶紧解释，我骑车的目的是宣传，我的目的地是去西藏的一所

小学，我拿出带的横幅给他看，他说这还不错嘛，马上又跟我谈笑风生了。

在东达山顶，我望着巍峨的群山，深深感到失望。前一天来的车友碰上了下大雪，后一天来的也碰上了下大雪，听说这一月就这一天没下雪，这都给我碰上了。

老天爷还是很慷慨的，没有雪就一直下雨。这时来了一支大学生车队，浙江大学的，他们帮我拍了照后准备下山，这时有个车友接到短信，说就在刚才下坡时，一个车友摔断了锁骨，一个受了重伤。知道了这个情况后，我们面面相觑，犹豫着要不要骑下山了。

天一直下着阴阴的雨，时间不早了，后来来了一辆大卡车，除了队长和另一个同伴，浙江大学车队的大学生都决定搭乘大卡车下山。我犹豫了一会，想想人生的大山岂能搭车而过，然后山顶上就剩下我们三个人，临时组了个队。

队长面无表情，他带了口哨，向我示意口哨声音的意思，吹一下代表左转，连吹两下代表右转，急吹代表停车，具体的我也忘记了，只想着跟在他后面看着他就行了。

我给脚包上了三层保鲜膜。队长在前面领路，我们跟着。一路上，三个人不紧不慢地下坡，我望着乱石泥泞的路面和突现的大坑，明白了前面为什么有人会摔车。我们三人小心翼翼地骑行，不时有暴雨冰雹相伴，车轮不时会掉到坑里，只有慢才是求生之道。悬崖近在咫尺，绝不能滑出去。我的车是 V 刹的，骑着骑着钢圈上就全是泥了，只有清理一下才能继续前行。

下到山脚，见到了柏油路，不由全身神经一松。我转头看，我们后面的山顶在阳光的照耀下变成了金色。

重新组队

我是最后一个到左贡的。小胖销售也在旅店里，他还是那么开朗随和，和大家聊得很开心，他表示受的伤没太大关系，为了让我放心，还让我看了缝线后的伤口，基本上没太大事了。他今天来这里和我们会合聊下天，然后准备坐车到拉萨玩。

说起那天摔车的事，他道出了摔倒的原因，他说当时由于推车上坡，体力透支，有点高原反应，骑车下坡时睡着了，摔了车自己都不知道。他跟女朋友说了，没什么大问题。

僵尸同学说要和小胖销售一起走，我觉得奇怪。他说他没有钱了，不够接下来的费用，我说没有钱可以找我借呀，他摇了摇头解释说，在出发前，他告诉家里人是去寻欢同学家玩，结果老爸打电话到寻欢同学家，寻欢同学家人说寻欢同学去他家玩，这下穿帮了，他父亲不准他再骑了，说如果不回来，以后再也不往他卡里打钱了。和尚也说过几天要走，去看望他在西藏的一个老朋友。

晚上看了小太阳车队发的微博，说前面有个车友在72拐冲下悬崖，死了。看完这个消息，我的心情很复杂。

第二天骑行的时候，我骑得比较慢，跟铁蛋同学他们说不用等我。在路上，我碰到了昆明理工大学的研究生车队。帅哥杨同学、美丽张同学和大兵同学，都是在昆明理工大学读研的。当时他们在路边草地上吃东西，我也停下来，在他们附近吃东西，于是交流起来，聊得很开心。

他们三个是在这里等人，等帅哥杨同学的发小和在复旦大学读研的理工王同学。他们是从滇藏线过来的，本来有七个人，有两个骑得太

快，早到前面好几天了，这个理工王同学骑行速度比较慢，他们只有边骑边等，他有点像和尚，总是不紧不慢地按自己的节奏骑，有时候他们三个都等得急了。

我们六个开始一起骑，结果发现理工王同学的速度和我比较像，我们两个就相伴而行。碰到一处壮丽的水边山景，我们两个就一起停下来欣赏，看山上云起云落，看阳光的影子飘来飘去。

谈到骑行的态度时，理工王同学认为，有好风景就要多看看，为什么要急着赶路，我深表赞同，于是我们又对着山景发呆。天上的云离山很近，云的投影在山上飘来飘去，山体忽明忽暗的。就这样静静地看风景，真是人生一件美事。理工王同学说他这次骑行是向导师请了假的，他的导师很支持他，他坚持一定要一路全程骑完，而且绝不搭车，毕业后估计就没这种机会了。

铁蛋同学他们到了邦达，打电话问我在哪里。我说我在看风景。他说那边风景更好，叫我还是骑到邦达看吧。我说不着急。我们两个边看风景边评论他们几个赶路的车友有多傻，这么好的风景不看。没想到接

下来我们更傻，晚上赶夜路。

　　离邦达还挺远，天就全黑了。理工王同学没带手电筒，我就开着手电筒在前面领路。路上见到有汽车要来，就马上停车等汽车通过。

　　西藏的夜晚没有路灯，两边的山黑漆漆的，因为害怕有人看到我的手电灯光而过来打劫，我就关了手电筒，借着月光骑行。理工王同学有意见，说看不见路，只好又开了手电筒。

　　快到邦达时，有个缓上坡，要通过一个村庄，我听到狗叫声，马上关了手电。我们在路边观望，等半天还是有狗叫，只好决定拼命骑过去，用吃奶的劲狂踩，冲过这个小村庄。安全到达邦达时，我看见和尚微笑着站在路口等着我。

12岁的女骑手

　　第二天爬业拉山时，我看到一个小女孩在骑车爬坡，这小女孩才12岁，边上的车友是她父亲，还有一个车友是她姑姑。这个父亲已经骑过青藏和滇藏，这次是带着女儿来体验生活的。三个人的行李都在这位父亲车上，装满了前后两对大驮包。有车友点评，这就叫"坑爹"。

这个小女孩对我很友好，路上帮我拍了很多相片，当时我就在想，等我小孩长这么大了，要不要也带她骑一次西藏呢？

拍照的时候又碰到了一个四川女生，她一个劲叫我叔叔。她说要跟我骑，我问为什么，她说有个男的老跟着她，我一看，原来是那个武汉车队的队长，这世界真是太小了。

这个队长一路在川藏线上跟着这个女孩骑，这种追女孩子的方式还真是第一次见到。我仔细看了一下这个女孩的长相，川藏线真是毁容线，路上的女孩子都晒得黑黑的，也不知魅力在哪儿，不过声音很好听，说话很温柔。她要我陪骑，可能是我比较能给人安全感吧。业拉山的风景真好，我们俩就在路上停下来互相帮着拍照，那武汉大学的队长就在不远处看着，这让我有点不自在。

铁蛋同学打电话要我快点上山，说他们等了一个多小时了。我考虑了一下，决定让他们先走，我打算和昆明理工大学的组个队，他们的速度和我差不多。

这转眼两天，那个四川女生就不知去哪儿了。我和帅哥杨同学他们准备下山，体验川藏线上让人惊心动魄的72拐。

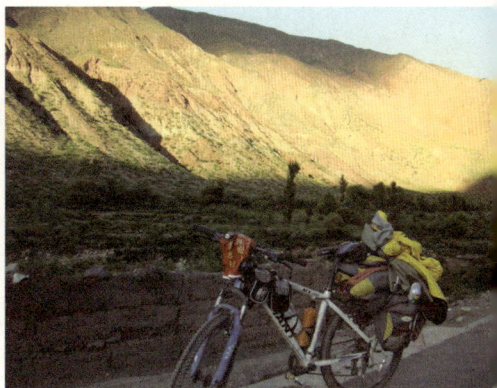

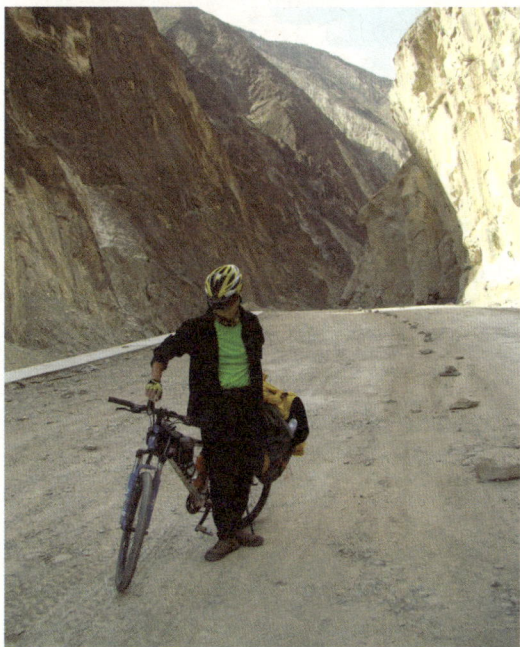

下 72 拐时，再怎么小心，也总有人受伤。昆明理工队的安全防备工作还是做得很好的，大兵同学速度最快，就让他骑最后，帅哥杨同学和我在前面开路，美丽张同学骑中间。大兵同学内急，跑山上去了。在转弯时，美丽张同学可能转得太大了一点，手擦上了栏杆，结果手指甲破裂，手指出血。他们也带了药品，但是在大兵身上。我的急救包里还有点云南白药，就在路边帮她止血。

有车友经过，在路上和我们聊，说后面还有受伤的。他说在他慢慢骑行的时候，突然两个身影飞快地从他身边滑过，他又骑了一阵子，看到两个人翻到沟里去了。

下到坡底，就看到了怒江。公路是靠着山体沿着怒江修建的，骑行要非常小心，因为路很窄，边上就是深渊。山里没有手机信号，我们几个还不敢相离太远。有些转弯的路居然是从山体中开出来的，没办法，只好先派一个人过去看下对面有没有汽车，确定安全后再骑车通过。

到了八宿之后，我们一起聚餐，帅哥杨同学讲了一个故事。他们骑滇藏线时，也很怕狗，后来发现很多狗并不咬人，在路边很乖巧的样子，有车友就在停车休息时，拿出大饼干粮喂狗玩，喂着喂着，突然发现自己身上没大饼了，午饭都在狗嘴里，只好奋力从狗嘴中抢回了半块大饼。

湖边篝火晚会

跟着昆明理工研究生队，消费水平迅速上了一个台阶。到了然乌，我们去住然乌湖边的平安客店，这个客店主要是服务自驾的，有一间多人房可以给车友住，40 元一个床位。石头同学后来也赶到然乌，一看这个价位，就跑去找 20 元一晚的了。

帅哥杨同学说，贵有贵的道理，我深以为然。房间窗户外就是美丽的然乌湖，放在广州，至少 400 元一晚。

　　平安客店的湖边院子很大，我和帅哥杨同学商量，晚上没事，可以搞个湖边篝火晚会。帅哥杨同学说是个好主意，然后向老板打听哪里有柴火，老板说这四周都没有树，搞柴火不容易，要我们去藏民家买。

藏民家的柴火是储藏用来过冬的，没有人拿来卖，好不容易问到一个年长的藏民，他说可以 25 元卖一些给我们，然后带我们去他家。

这是我第一次进入藏民家，藏民家房子的色彩装饰得非常漂亮。他请我们坐下，然后给我们上青稞酒，他对我们实在是太客气、太热情了。我们喝得醉醺醺的，差点忘记买柴火这件事了。

藏民开了辆拖拉机把我们送回旅店。在然乌街头，坐着拖拉机"的士"，感觉人生特别快意。晚上和自驾车友在一起搞了篝火联欢晚会，从没想过，进藏还可以玩得这么高兴。

这一夜，然乌湖的湖面很平静。我跟老婆说，我住进了观湖豪宅。

朝圣之路

我们在然乌听说因为碰到雪顿节和大学生开学，很多到了拉萨的车友买不到火车票，困在拉萨无法离开。帅哥杨同学打算留在然乌等人，同时在旅店的电脑上抢火车票。我是赶路党，打算继续前行。美丽张

同学想了一会，也要跟我一起骑。

路上的风景真的很壮丽，路也特别好，所以有时间就停一下。在米堆冰川入口处，碰到了一家藏民，他们带着小板车，正在吃饭。他们一家人正在朝圣的路上，他们说当地人一生要这样去朝圣一次，有的是个人去，有的是全家去，朝圣对他们来说是件很光荣的事，村子里的人都为他们送行，他们这样一走就是一年。

和推板车去拉萨比，感觉骑行还是挺享受的。路上见过一个独自朝

圣的藏民，我经过他身边时，问他从哪里来，他说从甘孜来，我只有由衷地表示佩服。我们骑20多天就到了，而他要走一年，如果路上出点意外，就是关系一生的事情。走的时候我把身上的饮料饼干分了一些给他。

路上看到三个车友停在路上补胎，突然想起，我这一路还没有爆过胎，运气真好。我过去看下有什么可以帮忙的，他们正在发愁。人是有缘分的，爆胎的车友是四川的中学老师，他这一天爆了四五次胎了，人要倒霉喝凉水都塞牙。不过过些天我也要感受这种无助和绝望了。

美丽张同学跟了过来，我们要赶路，就先走了。路上这么好的风景，还是碰到了暴雨。快到波密时，天才放大晴，眼前的美景让人精神一振。我们到河边拍照留念，这时一群游客坐中巴车从波密县城出来，到这欣赏壮丽的波密黄昏，他们见我们是骑车来的，很兴奋，都过来要求合影，我有点飘飘然。但是还没开始拍，12岁小女孩和她老爸也骑过来了。游客一阵欢呼，一阵惊叹，冲过去找他们问长问短，把我们晾在一边，我们默默地往波密县城骑去。

在波密，我和小女孩的父亲商量换房间，我和他住一块，美丽张同学和他小孩及一堆女骑友住一块。我请教了一下他这次带小孩来西藏骑

车的想法。他说，他让孩子假期出来感受经历一下，也算是教育小孩的一种方式吧，别的也谈不上什么。在路上我也听到过有人说这么小骑车不利于身体发育，总之，当父母的不容易。

　　我想起走之前看过的一个故事。有个家在青岛，人在北京工作的父亲带儿子去西藏。儿子在青岛读书，由于一直缺少父亲的陪伴，在学校里很自卑，不太合群。父亲很着急，这么远也没办法教育孩子。后来他想出个办法，找了个假期带小孩去西藏。他让孩子在前面骑车，他在后面开车跟着保护。回到学校后，同学们全围着他孩子打听路上的故事，从此小孩恢复了自信，和同学们的关系也变得融洽了。

白云深处有人家

　　早上起床，感受到了什么叫雪山的故乡，四周都是山，山上挂着白

腰带，清晨阳光从云间透过来，感觉是在人间仙境。

　　和小太阳车队一起从波密出来，骑了十多公里，我第一次见到白云是在地面上的，风景太美了，我决定自己留下来欣赏一个小时再说。

　　坐在路边看风景，觉得这么多天的劳累真是太值得了。白云从深蓝色的山上流淌下来，飘落在黄绿色的牧场上，风景美得让人窒息。

　　就这样一路走走停停，欣赏着人间的绝世美景。路边的山林还散落着一些很漂亮的藏式民居，明蓝色的屋顶、暗红色的墙、刷了白边的青砖、开满了鲜花的房前，多美的房子啊！

　　到了4081和4083的里程碑处，我碰到了小太阳车队的小峰等两人。他们一个腿抽筋了，另一个陪着慢慢骑。里程碑上写着"请停下，

"悼念"。大家都知道，这里曾经死过两个车友，网上说是冲下悬崖死的，但是我看里程碑附近没有悬崖，前面是个下坡转弯，我们猜测可能是下坡时车速过快，撞上了转弯过来的汽车。我们三人在路边，心情都比较复杂，唉，这一路太多事了，人生几何，何处是尽头？平安第一平安第一，我们给死去的车友上了香。

推了六个小时车

第二天过排龙天险，天气不错，地面干硬，路比较好走。我边骑边推，贴着山体慢慢行，避让往来的车辆。我可不想让过路车把我挂倒带下悬崖。最危险的地方风景可能最美，看着云雾把群山一圈圈地缠绕，

感觉又进入了仙境。

路上又碰到了纪律严明的浙江大学车队，和他们一起走了一阵，安全离开排龙天险。后来看帅哥杨同学拍的相片，才知道他经过时，一辆汽车撞向山体，掉下了悬崖，神奇的是，司机居然爬了上来。

到了色季拉国家森林公园，我犯了一个错误，躺在路边阴凉的地面上休息了一个小时，身体受寒了，当时却没感觉到有什么。

路上碰到了四川中学老师，他们两个不紧不慢地骑着，我和他们结伴一起走，四川中学老师是第二次骑川藏，第一次搭了车，这一次决心全程骑完川藏。他运气不太好，在康定就感冒了，休息了七天，现在腿又痛，还好身边这个小兄弟一直陪着他。我们骑着骑着也散掉了。

小太阳车队的几个人在路口休息，顺便等我一起走。下午2点多的

时候，我感到肚子不妙，腹泻了，于是自己一个人溜去方便。

　　方便了几次，全身无力，感到虚脱，只能推一会儿车，再骑一会儿；再推一会儿，再骑一会儿。路过一个很像瑞士阿尔卑斯山的地方，看到一个自驾车的在拍照，我于是过去和他聊天，说了想搭一下车的意图，他没同意，开车走了。

　　我算了一下距离，其实也就只有十多公里了，自己能搞定，就打消了搭车的念头。这时候，我看到路边有只狗走过来，这只狗和一般的狗不太一样，长得比较凶狠。我站在路边看它，它没冲我叫，也没有过来咬我，我就继续推车走，结果它又跟着我走，我看包里还有点吃的，就扔给它，它闻了一下，没有吃。我继续推车往前走，它还跟着我，后来连榨菜和花生米都扔给它了，还是一直跟着我，大约跟了两公里才走开了。

路上已经没有人了，后面也没有骑友过来，我想我可能是今天最晚的一个骑友了，想想就有点绝望。到了晚上 8 点左右，见到前面有两个人影，非常激动，走近一看，原来是在路上一起骑行过的四川中学老师他们。

四川中学老师的腿彻底拉伤了，一踩就痛，已经无法再骑。他俩也在路边等车，看见我推车走来，料想等车没戏了，我们三人就一起推车前进。在正常情况下，是有可能推到目的地的。但是已经到了晚上 9 点多，离鲁朗还有七公里，天完全黑了，我们两个彻底放弃了，他是腿疼得走不了，我是虚脱得无力。

小太阳车队在微博上呼喊我快点来，我也没办法。我们三个停下在路边休息，仔细分析了一下，排龙天险晚上车子过不了，后面应当不会有车来了，现在的办法只有一个，就是小兄弟骑车去鲁朗找救援，我们

两个在路边等着。

　　在等救援的时候，四川中学老师和我谈了他的进藏梦想，他想用车轮丈量每一寸川藏线，甚至他在康定感冒了，住了七天院，也没有放弃。但是现在腿完全拉伤了，已经无法完成这个梦想了，他说着说着就抽泣了。

　　小兄弟到鲁朗找到队友，然后到酒店去找自驾车的帮忙，有一辆越野车带着他和另一个队友过来找我们，越野车接上我们，他俩骑着我们的自行车回去。

　　晚上我吃完东西，看到有队车友正在店里的电脑上看相片，我也凑过去看，发现他们拍到了我遇见的那条狗，他们说看这长相，很可能是只狼。他们下午经过时不敢走，扔了鸡腿等很多吃的给它，把它喂得挺饱的。我有点晕，原来这只狼陪我走了两公里。

　　晚上在旅店休息的时候，我开动吹风机，不断地对自己全身吹。我出门走哪都带着吹风机，因为考虑到骑车暴露在野外，容易受风寒，用吹风机可以把身上的寒气逼出来，这样不容易感冒生病。果然吹了一晚上，第二天早上就基本复原了。

　　这一天，我推了六个多小时的车。

摔下山谷的货车

　　早上起来，碰到一脸忧伤的四川中学老师，他要坐车去拉萨了。我去柜员机取完钱，准备去吃早饭时，碰到了小太阳车队吃完早饭正准备出发。他们见到我时问我还骑不骑，我说骑呀，他们集体鼓掌。

　　爬了不久的坡，就碰到了 12 岁小女孩和她老爸，我们又一起走了

一会。小女孩很开心，一路看风景，好像也没有觉得累。

爬色季拉山时，心里比较紧张，因为听前几天晚上在然乌的自驾车友说，他们在色季拉山上遇到大雪，冻得不行，"那个冻呀"，他们说得我也感觉到冷。我做好了防冻准备，但是川藏线上每天的天气都是不一样的，我碰到的是一下雨一下晴，我只好一会穿雨衣，一会脱雨衣，都快崩溃了。蹲在路边吃东西的时候，过往的旅游车上的旅客还对我狂拍照，我只好蒙上脸。

站在色季拉山垭口，烈日当空。雪呢，雪花呢？东达山上没看到雪，这里也没有。我望着远方，无以言语。

除了风大比较麻烦之外，下山的路是超爽的，这里可以碰到不少从拉萨坐车过来的游客，他们很惊奇地看着我。我一路见得太多，这种惊奇，路上已经习以为常了。

下坡的弯太多了，没忘记提醒自己慢一点，因为4083里程碑的阴影还在，所以我总是担心对面会有汽车冲过来。后来，我发现一个好办法，有的货车下山较慢，跟在后面一百米左右骑行，就不用太担心了。

转过一个弯，看到路边有人好像在抬什么，还盖着白布。再转过一个弯，发现有几个车友在驻足观望我刚才路过的地方。我停车仔细观看，发现对面公路的悬崖下面几十米处有一辆摔烂的货车，我拿相机长焦镜头拉近来看这辆货车，发现它都摔解体了。

　　边上人说，那司机的尸体已经从山下被拉上马路，刚盖白布的可能就是。我突然感到一阵说不出的难受。这是我在川藏线上第一次真正看见死亡，滑行到坡底后，在路边坐了一个小时才平复情绪。风景再美，人没了，看啥？

　　心情调整完后，继续出发。见到了温婉的尼洋河，这里的风景美得让人忘记世间的一切烦恼和忧

愁。阳光从云彩间一束束地射下来，远山在迷雾中像一层层薄薄的剪纸，在真实与梦幻中呈现依稀的轮廓，河水像流动的温暖的碧玉，洗涤尘世受伤的心灵。

川藏线是不会白来的，我无法抵挡这自然的诱惑，坐在尼洋河边静静地发呆，真愿意就这样坐着，坐到天荒地老，化成一块劫灰，直到时间的尽头。我很想多带孩子去看一看大自然，人是自然之子，在城市生活久了，有时会失去对自然的感动，回到大自然，才能真正感受到人和世界的关系。

晚上到了八一镇，这里过往的游客很多，住宿爆满，在川藏线上第一次碰到找不到住宿的情况。后来小太阳车队说找到了住宿，我马上赶去小太阳车队住的房子看了下。一个小小的房间里，挤了六张床，连走路的地方都没有，我也夹塞不进去。于是，我只好到大堂请前台想想办法。酒店老板正好在边上，他让我再等下，看是否有人退房。后来老板说大堂的沙发可以睡，就这样，我当了一回沙发客。

半夜里，不知为什么还人来人往，无数只脚像从我头上跨过，让我难以入眠，早上 5 点钟，又有无数只脚从我头上跨过，我只有坐起来发呆。于是，这一夜算是基本无眠。

相逢在拉萨

早上，小太阳车队出发了，小峰两人没走，一个腿抽筋了没办法骑。他俩想坐车去拉萨了，看我没睡醒的样子，就过来和我商量。

我早上起来还在轻微拉肚子，昨天已经坚持了一天，又一晚没睡，感觉自己也没什么力气了，想一想，我的时间也不多，还有事要办，也决定

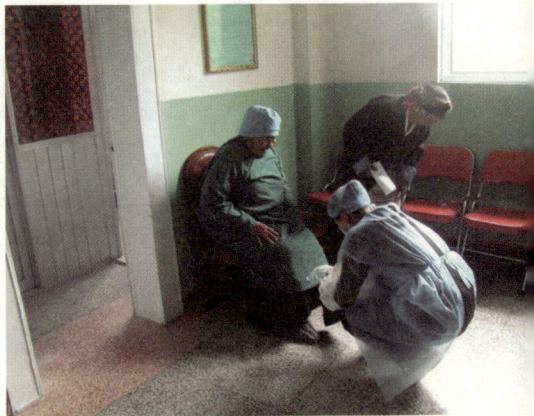

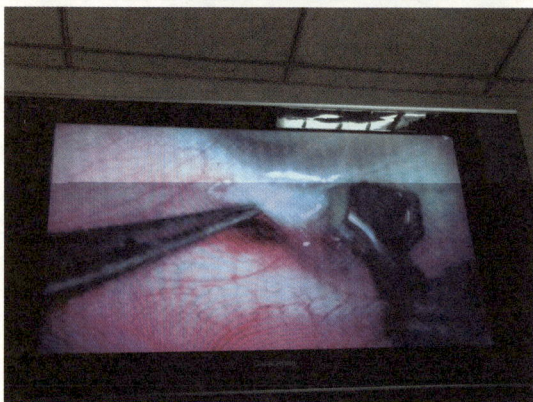

坐车走，在拉萨休养好再去浪卡子世界海拔最高的小学。

到了拉萨，和铁蛋同学等去了拉萨眼科医院，完成了对白内障病人的捐助，第一次收到医院赠送的洁白哈达。西藏的白内障病人非常多，做一例手术只要900元。院方让我们看了手术过程的直播画面，非常震撼，一例小小的手术，就能把人从黑暗中解救出来。

晚上和车友谈起路上的安全问题，一个车友拿出他的头盔，说他是在业拉山那摔车的，还好戴了头盔，人没出事。后来他一直戴着破损的头盔来到拉萨，他说他要把这个头盔带回家留作纪念。

我在街上逛街，到大昭寺门口，看到帅哥杨同学一个人在路边坐着，非常欣喜，真是他乡遇故知。帅哥杨同学在然乌没有抢到火车票，后来改订了机票，提前到拉萨坐飞机，另外三个还在路上。帅哥杨同学跟我说改去格桑花香住，那里只有一间大通铺，晚上很安静。我搬了过去，一看房间门上写着——

"疯人院"。

晚上，住客都在房间讨论离开拉萨的事情。关灯聊天时，突然门开了，进来一个喝醉酒的，声音听着很耳熟，原来是四川中学老师。我们聊了起来，他说在拉萨他有很多朋友，到了这儿，每天晚上就是喝酒，白天没事时就经常在拉萨河边上发呆。

第二天帅哥杨同学告诉我，美丽张同学摔车了，现在正在来拉萨的路上，想找医院救治。我们马上跑到医院去，见到了美丽张同学。她在去拉萨的半路上，由于两辆汽车相会，她无法躲开，只有冲出路边，脸上擦破了一块皮。在路上他们用云南白药止血了，大兵同学送她来拉萨再治疗。医生说美丽张同学伤得不是很严重，不过用了云南白药止血，容易结疤，女生都爱美，为了不留疤，需要将残留的云南白药清洗掉，再继续消毒。美丽张同学忍着痛苦让医生完成了这一工作。

复旦大学理工王同学决心全程骑完，还在路上。后来我见到他带着一个在路上捡的牛头，在拉萨找人加工好带回了上海。

帅哥杨同学乘坐晚上的飞机，大家找齐在拉萨的队友聚了个餐，算是分手餐。小胖销售也过来了，他谈笑风生，伤恢复得非常好，只有一点淡淡的痕迹。

吃饭时说到我还要去世界海拔最高小学的事，铁蛋同学和石头同学他们因为抢到了火车票，去不成了，只能留下一个遗憾。我只能一个人骑，他们默默地把多余的装备和吃的都给了我。

帅哥杨同学去坐飞机，后来他发了短信过来，说在机场大巴上，看到路边有辆自行车，边上躺着一个车友，盖着白布。

我约了世界海拔最高小学的云校长见面，他晚上过来找我，我在出门等他的时候，见到马路对面有个车队在很有秩序地排队过马路，人很眼熟，原来是在相克宗、理塘、如美多次生死与共的未名车队。眼镜同学看到了我，冲我大喊："刘老师，你也活着到了呀！"然后就过来抱着我放声大哭，这一刻，我热泪盈眶。

2012年

第二堂课
超越自我　独自去珠峰

超越自我的梦想

生命是一次无畏的旅行，它的意义就在于超越自我。

自从骑过川藏线后，我产生了一个梦想：超越自我，一个人在荒野，独自骑行去珠峰，挑战自己的身心极限。2012 年 6 月，我和小伙伴们策划发起了世界之巅支教团的项目。去世界海拔最高的小学之前，我给自己设计了行程，从拉萨骑车去珠峰，到珠峰大本营世界最高的邮局给明信片盖上邮戳，用于回赠对本次公益活动有贡献的人们。

1. 用千里走单骑的方式八天到达珠峰。

2. 用两天时间从珠峰返回拉萨，和队员集合。

3. 从拉萨出发，到达世界海拔最高的行政乡普玛江塘乡。

4. 在世界之巅开始支教微公益活动。

为什么要千里走单骑？原因有三：一是骑珠峰的人太少了，很难约到伴；二是要找到同样节奏的队友比较难，长途骑行只有按着自己的节奏走才好；三是人生要经历一次千里走单骑，寂寞孤独是一次超越自我的非凡体验。

拉萨到珠峰沿途有 8 座海拔 4 000 米以上雪山，分别是岗巴拉山（海拔 5 030 米）、卡若拉山（海拔 5 039 米）、斯米拉山（海拔 4 352 米）、无名山（海拔 4 058 米）、尤弄拉山（海拔 4 534 米）、嘉措拉山（海拔 5 248 米）、加乌拉山（海拔 5 208 米）和珠峰大本营（海拔 5 200 米）。

我要翻越的是有生以来遇见的最高的山。

高原上的零食

老婆没管住我，又让我再一次出发，但是经过川藏线骑行后，她对我放心了很多。这次坐火车去拉萨，56 小时坐到人发傻，闲来无事就把自己的旅行装备摊开来，再检查研究一下。在路上，有些东西是必不

可缺的，有的在关键时刻甚至可以救命，这是长途骑行的经验教训。

在封闭的空间里面，人们更容易交流，大家知道我有去过高原的经历后，比较喜欢和我聊天。智能手机耗电快，但是很少有人随身带接线板，我带的接线板很快就插满了。有个旅客说："你果然是来骑车的，什么都带了。"

过了格尔木，早晨从睡梦中醒来，所有人都把头贴到窗户看，外面是极其壮丽的青藏高原，连绵的昆仑山，大片的牧场，对从没到过高原的人来讲，待在火车上看这一幕都算没白来。车厢里不断放着《坐上了火车去拉萨》这首歌，一整天，青藏列车就像一列观光火车，带我们穿

越了可可西里，来到了雪域高原。

火车进入高原之后，我发现了一件很有趣的事情。我随身带的塑料包装的青豆一个个开始发胀，鼓成一个个小气球。我拍照发微博给孩子看，开玩笑说它们有高原反应了。

一天只吃一餐饭

到了拉萨，久违的感觉又回来了。驴友与驴友之间特别容易互相信任，人们在自己熟悉的城市不会和陌生人相处，但在陌生的城市却可以和陌生人像熟人一样相处。

在旅店里，天南地北的驴友在一起海吹，印象很深的一个话题是谈文化差异。驴友往往有很多不同的地方经历，对不同的文化都有了解，说到吃的文化，有个驴友刚从新疆回来，说到伊斯兰斋月，他们日出前吃饱喝足，白天不吃饭不喝水，到了太阳落山后才吃饭，而且这样的情况要持续一个月。这个事情，有的驴友难以想象，去过的驴友就说这是正常的而已。我们习惯了一日三餐，其实人可以不用吃得太多，只不过我们不习惯。

到珠峰要解决两个问题：买自行车和办边防证。

东措对面一个车行的老板听说我要买二手车，就推出一辆基本全新的美利达 560，他说这车是代车友卖的，只骑了一个月，码表上显示骑了 500 多公里，1 100 元，他问我要不要。我砍到 1 000 元成交。和老板细聊才知道，原来这车是一个车友 7 月买的，从成都到拉萨，出来没几天就崩溃了，跑到拉萨把车卖掉。

车行老板就是回族人，我问他关于斋月的事，他说他们真是这样，白天不吃东西，一样继续干活。

在拉萨可以到路边的旅行社代办边防证，但是必须三个人同办一个证件。办证真是件挺麻烦的事，本打算实在找不到三人一起办，就先骑到日喀则再办，但是又担心万一在日喀则办不到，去珠峰的行程就完了。

在布达拉宫碰到一堆车友，随便聊几句，没想到居然有两个人表示也想去珠峰，真是太好了。有三个人就可以一起去办证，第二天中午和苏同学、广东同学三人拿到证件，下午三点我们就出发。走之前讲好，大家不用互相等，按自己的速度走，原因大家都懂的。

起点亦是终点

去珠峰有两条线路，一条走 318 国道，时间节省一两天，但是风景不行，一条走 318 国道转 307 省道，路非常不错，风光壮丽。我选择了后者，这条线路，吃住不成问题，但非常少人骑，我在路上绝大部分时光都是自己一个人在骑。可能以前比较多老外来这里骑车，路上的小孩见到我都会说 Hello，而不是"扎西德勒"。

告别拉萨，不可预知的征程又将开始，有种莫名的激动，同时心底升起了豪情。人一旦有挑战自我的冲动，即使前路漫漫，出发也总是激情满怀的。

往曲水走，路上有块青藏、川藏公路纪念碑，这是为了纪念青藏公路和川藏公路通车 30 周年而建的。在整个青藏、川藏公路的修筑过程中，大约 3 000 多名干部、战士和工人英勇捐躯，一代业绩永垂青史。路上，我见到一些车友从青藏公路骑过

来，一脸沧桑，但是今天他们就可以胜利到达终点，而我才刚刚启程。人生很奇妙，有些人的终点却是另一些人的起点。

沿着拉萨河前进，壮丽的后藏风光像一幅巨大的画卷展现在蓝天下，天高云淡，苍茫辽阔，光秃秃的群山下面青稞如海，冷峻的高原与江南的秀丽完美地融合在一起。一路无人，公路也寂静无声，白云在蓝天上画了个巨大的钩。这一路还属于318国道，路况相当好，很快到了曲水，他们两个正在路口等我。我们一起商量了一下，决定不住曲水县

城，还是继续去前面雅鲁藏布江的曲水大桥，为明天翻越岗巴拉山多留点时间。

到了曲水大桥，转遍了整块地方，只找到一个可以提供住宿的地方，条件相当艰苦，没办法，只能将就了。我们去曲水大桥散步，慢慢欣赏雅鲁藏布江的日落，江水宁静地流淌，仿佛流入了我的心间，江上沙洲的树木郁郁葱葱，构成一幅秀丽的画卷。我家小孩很喜欢听《我从雪山来》这首歌，可惜不能带她亲自来看看，只有发发微博，让远方的她也能感受一下如此美景。

流落到一个小村庄

早上买了 10 个大饼，共 5 元钱，今天爬岗巴拉山口 4 990 米，要多带点食物，以防万一，但是后来我发现，这大饼没有盐，吃起来像肥皂一样。

早晨的雅鲁藏布江，一层薄雾，一缕轻纱，山朦胧，水朦胧，真是

太美了。但是想想眼前这座高山，思想负担还是比较重，因为从去年骑川藏之后，有一年时间没有骑车爬过山了。

岗巴拉山，藏语的意思就是"无法超越的山"，位于西藏雅鲁藏布江与羊卓雍错间的拉轨岗日山的鞍部，是前藏与后藏的习惯分界线。岗巴拉山上有个号称世界上最高的雷达站。从 307 省道到山顶有近 30 公里险要漫长、蜿蜒曲折的盘山公路，但是在山顶，能看到高原三大圣湖之一的羊卓雍错。

骑上盘山公路不久，我们三个就分开了，各自对付这座高山，也就是从现在开始，我将一路独行。爬山中非常痛苦的是，看到了山顶这个

目标，还要不停地围着它打转盘旋，一直努力，但总是到不了。

　　离山顶还有三公里左右，山上乌云密布，居然打起了雷，只有干瞪眼停下来休息，因为车是金属制品，会导电。跟家里人说我这里在打雷，老婆说那就别用手机打电话了，小心被雷劈。

　　山上的风越来越大，只有穿上冲锋衣抵挡一下，慢慢前进。这时候接到苏州同学打来的电话，问我："刘老师你在哪里？"我说："还差一公里，就要到了。"苏州同学说："那好呀，我们等你过来。"我们都搞误会了，他们已经到了浪卡子县，以为我是说还差一公里到县城，我则以为他们在山顶等我。

　　到了山顶，天色阴沉，巨大的风，吹得发冷。羊湖是高原堰塞湖，大约亿年前因冰川泥石流堵塞河道而形成。它与纳木错、玛旁雍错并称高原三大圣湖，羊卓雍错藏语意为"碧玉湖""天鹅池"。对骑车爬山的人来说，下坡是最大的奖赏。滑行了十多公里下山路，开始下雨了。海拔 4 400 米的雨水非常冰冷，有的雨点还没有到地面就变成了冰雹。

　　雨越来越大，路面也变得迷蒙。我拼命地骑，这一百多元的冲锋衣防雨性能实在太差，雨水渗透到里面，冻得半死，手指在冻雨中变得麻木。路上没有地方可以避雨，只有死扛。7 点多时，还有 30 多公里路到县城，雨这么大，我想我是无法到达浪卡子县了，必须想办法自救。

来之前做了很多功课，想起有个车友的游记介绍，说到浪卡子县的半路上有个村庄叫白地村，他为了多看下羊湖，曾在这里住宿过。我用手机测了一下距离，发现只需 8 公里路就可以到，感觉有救了。

来到白地村，天还朦胧亮，雨也小了很多。路边有个藏族小姑娘，我问她哪里可以住宿，她听懂了我的话，就带我往村子里面走了十多米，果然有一家主人说二楼可以住，并带我看了房子的情况，可是我刚准备放下行李，女主人又跑来对我说，因为今天晚上家里没男人回来，不能让我住，请我另找他处，那个晕呀。

马路边上一家藏民商店的老板收留了我，但是我没发现商店里有住的地方，老板的藏语又实在听不太明白。我向老板买了包方便面泡着吃，边吃边发抖，老板给我泡了酥油茶，给炉子加了火，让我烤火取暖。

聊了一会天，老板带我从商店边上的一个小门爬上二楼的天台院子，院子周边一圈全是房子，他指了指其中一间房子说："你就住那间吧。"我进去一看，沿着墙壁边放了七八张藏式木床，果然可以住宿。

老板娘用饮料瓶装满了热水，给我当热水袋用，这一招真是相当的绝，外面的风虽然呼呼地叫，但是也不觉得很冷了。

和苏州同学打了个电话，请他们不要等我了，各自前进。睡觉前，又和老婆用视频聊了一下天，让她欣赏了一下藏式民居。一个人住这么大的房子，在广州是很奢侈的。

第一次感受冰雹

第二天起床，发现阳光明媚，风和日雨，白云像洗衣粉泡沫一样盖住了山顶，湖水闪动着多彩的光芒，顿时心情大好。

　　羊湖在阳光下发出迷幻的色彩，在湖边骑行是人生的一大享受。不用等人，不用追赶同伴，一个人静静享受这自然的造化。

　　骑着骑着，看到一条土路横贯湖心，是条近道，心开始发痒了。走这条土路可以省七公里路，但是骑车一般不抄近道，不是给自己走的路

最好不要走。最后我还是没忍住诱惑，骑上了土路，到了湖中间，后悔得不得了，路面被汽车压得稀烂，全是深深的土坑，只有慢慢推过去了。从湖中心出来，已成了土人。

骑得有点饿了，我坐在湖边，摊开食物袋和饮料，才想起来，今天没有买早餐和午餐，大饼还是昨天买的。还没有等我开始吃饭，就看到远处有一群狗向我跑过来，不由心头一震。

一只狗如何对付我还考虑过，一群狗如何对付我是一点主意都没有。记得去年有车友说过，在 317 国道上，他曾经被两只狗追了四十公里，两腿踩得像风车一样。我环顾四周，发现前面不远处有个中石油加油站，于是马上收拾东西，骑上车向加油站飞奔过去。到了加油站，狗也不追过来，在远处散步，慢慢消失了。

我坐在加油站边上吃着大饼，心里想，实在是太感谢这个加油站了，回去以后一定多去中石油加油。

过了 307 省道 96 公里的路碑，就看到洛扎江孜的指示牌，去洛扎的半路上经过世界最高的乡镇——普玛江塘乡，这是我回来要去的地

方，右边是江孜，是我现在要去的方向。再往前一点，又见到一个指示牌，"乃钦康桑雪山，22km"。乃钦康桑雪山是西藏四大神山之一，海拔7 191米，卡若拉冰川就在乃钦康桑雪山下，在公路上就可以看到。

一进山谷，巨大的风迎面呼啸而来，根本骑不动。骑车最怕风阻，风大了，下坡可能比上坡还累，何况现在还是逆风上坡。

在西藏，骑车经过的公路主要是盘山公路，像这种顺着山谷开出来

的路还比较少骑到。我在路边研究了一下地形，发现风之所以大，是因为两边的山比较高，风像是灌进了一个口袋，如果山坡平缓了，风应当会小很多。但是搞清楚了也没用，只有一条路，行也得行，不行也得行。

连推带骑冲出这个山谷后，后面的风小了很多，路边上就是像冰淇淋一样的巨大雪山了，看着都想咬一口。

到了垭口，看到了巨大的卡若拉冰川。因为冰川接近公路，吃了不少灰，显得不够洁白，感觉没有山顶的云海壮观。听说要爬上山，近距离才能看出味道来。由于气候变暖，冰川每年都在后退，过些年再来，可能就看不到了。

因为电影《红河谷》《云水谣》曾在此拍摄外景，所以卡若拉冰川的名气非常大，游客比较多。我静静地坐在路边欣赏，旅游大巴卸下一堆游客，让他们兴高采烈地拍照，又装上，再来一辆大巴，卸下一堆游客，让他们兴高采烈地拍照，再装上。有时候人生也挺逗的，自己眼里精彩的人生，在别人眼前却是一种机械的重复。

从卡若拉冰川顺着坡溜下来，感觉到天上乌云开始聚集，高原的云特别低，沉重的乌云像压在头顶上。又开始刮大风了，我知道情况不妙，因为这是大暴雨的前奏。

查了一下百度地图，发现自己正处于热龙乡，地图上显示路边可能有村庄的，可是却一直没见到。边赶路边着急，难不成又要重演昨天的一幕？骑快点是不是能冲出乌云？

　　突然天开始掉东西了，噼里啪啦的声音，心想这下坏了！但是我怎么没感觉到湿？仔细一看驮包，原来上面落的全是洁白的小冰雹，真是让人喜出望外，这是我第一次这么近距离看冰雹。被这种小冰雹砸着不要紧，它不会像雨水一样把人弄湿。

　　我兴奋地用手在空中接着冰雹，然后在冰雹中骑行，心情还是比较愉快的，人生就需要多种不同的体验。

　　前面又出现了情况，可能最近雨水过多，有一处山体出现泥石流现象，大片的泥浆从山上倒下来，把路完全堵住。本来空无一人的马路

上，过了一两小时，聚集了大量车辆和人群。有辆越野车试图冲过泥石流，但是被困在路中间，只好又倒回来。一辆载重大货车，用钢绳绑着一辆大货车，想冲过去，在泥石流中狂暴地咆哮着，结果钢绳断了。

　　围观也是一种乐趣，一个人在路上，很久没有跟人说过话了，我也站在路边和游客们一起围观。有几个游客是从香港过来的，其中一个说，这次旅行太超值了，看到了冰雹，看到了泥石流，以前想都不敢想的。我觉得他讲得很有道理，同样的世界，每个人的体验完全不同。什么叫开阔眼界？就是要看一看那些完全不同的风景。

　　我看一看时间，要再不走，估计到不了江孜了，于是找出塑料袋，把鞋子包住，踩着泥水中的石头慢慢推车前进，通过了这片泥石流。

　　这一天都在山谷里打转，根本没见到一个村子，还好雨停了。这时候，有辆中巴车贴着我从后面开来，然后堵在我前面停下来，我心里那个生气呀，我累得半死，你居然还堵我的路。

　　我绕过中巴车前行，司机在车内对我笑了笑。我没理他，也不想看他，继续前行。过一会，中巴车又贴着我开过来，还堵在我前面，我顿时紧张起来，四周看了一下，没有人。

　　我又准备绕过中巴车骑行，这时司机边上的乘客打开车门，又对我微笑，还对我说话，他是藏族人，说的是藏语，我一句没听懂，非常奇怪地看着他。他用手指指车尾厢，又指指我的车，我突然明白了，他们是想载我一程。

　　这是雪中送炭还是锦上添花呢？本来骑车的原则是不搭车的，但是这般美意，这般天气，我又如何能拒绝呢？我给自己找了理由，拆了车轮，坐上了中巴车。在车上，我想说点什么，但他们又听不懂，只是回

头对我笑，我也只有对他们笑笑。我指了指钱包，他们笑着摆了摆手。

坐车出了山谷，享受了 30 多公里的旅程。司机把我放下车，挥手道别。

很快我就骑车到了江孜，看见了宗山古堡。因为电影《红河谷》，我知道了宗山古堡，电影中抗英烈士跳崖的一幕还印象深刻。藏语的"宗"是城堡、要塞的意思，宗山的军事意义非同一般，因为周边地势平坦，它尽管只有 100 多米高，但显得居高临下，成为进入拉萨的屏障。1903 年英军由亚东入侵西藏，沿途遭遇西藏人民的抵抗。1904 年，英军推进到江孜，中国军民在宗山用土枪、大刀、梭镖和弓箭抵抗了三个月之久，后因弹尽援绝，寡不敌众，宗山失守，最后全部跳崖殉国。

单调的风景

从江孜出发，前往日喀则，一路都是大片的青稞，蓝天白云下，看得心旷神怡。开始很新鲜，但慢慢发现，一路是永远不变的风景，也觉

得无聊了。骑行珠峰的人很少，风景单调可能是个主要原因吧！

　　对我来说，光骑车也会觉得无聊，一个人在路上，除了发微博，只能当哑巴。我想，自行车结合汽车、火车等其他交通工具的 4+2 旅行，应当有更深度的文化体验吧！在路上，碰到一条狗，就拍照发一条微博，看到大片的青稞，又马上分享一下，再碰到一群羊，马上发微博祝粉丝"喜羊羊"。后来才知道一个名词：智能手机强迫症。

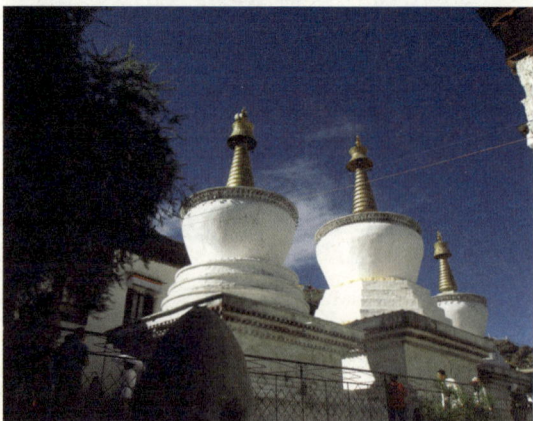

藏民的房子很有趣，外墙都是用牛粪做的，这样很保暖，冬天还可以当燃料。碰到一群藏族小朋友，就停下来交流聊天。他们很好奇我身上的一切东西，相机手机什么东西都想玩一下。和孩子们玩得高兴，就给他们看我采购的一大堆食物，让他们随便拿。结果等到吃饭时候才发现，自己没有午餐了，更可怜的是自己即将进入无人地带。

好几个小时没见到一个人，饿了几个小时，头发晕，眼发花。快到日喀则又碰到修路，真是身心俱疲。到了日喀则市内，我坐在马路边休息了半天，才强打精神跑到扎什伦布寺去参观。

在庙里，我又累又饿，盘腿坐在地上，半天没动。一个喇嘛过来和我聊天，送了一个班禅的挂像给我。收到这个礼物，我很高兴，因为班禅是后藏的领袖，我感觉像戴了一个护身符。

晚上住在登巴青年客栈，吧台里坐了一屋子人，基本是背包客和自驾客，只有我一个骑行客。他们谈感情，谈生活，谈烦恼，谈各种故事，聊得海阔天空。有个哥们很健谈，他说他爱上旅行，就是因为这种氛围，每个陌生人都可以在路上打开心扉，畅所欲言，每个人都很容易成为朋友。他还谈了他的爱情，给大家说那位美丽的女孩，大家听得津津有味。

　　我一句话没说，在电脑边上忙着查自己骑行的攻略，骑行是一种很不同的旅行，骑车每天想的就是路还有多远，哪有地方吃饭食宿，生活简单得只有骑车、吃饭和住宿，人的需求降到最低，大家聊的也只是路有多烂，坡有多长，第二天有多远，路况如何，骑友之家总是早早就睡

倒一片，一切都那么简单原始，或许，骑行就是一种修行。

第二天，早上起来收拾行装的时候，看到对面房门口站着个背重包的老兄，他看我打包行李，和我交谈了一下。他是来自佛山的，刚去珠峰徒步回来。我走的时候对他点了点头，他也对我点了点头，我想有种旅行，不需要语言，只需要强大的内心。

意外拉伤

从日喀则出来，回望晨雾中的城市，感觉有种世外仙山般的美丽。

今天离拉孜还有150公里，有两个选择：一是到吉定住下；二是直接到拉孜。最后我决定挑战一下，直接到拉孜。但是运气不太好，在挑战中又遇到了高原恶劣天气。

独行是艰难和危险的，除了承受寂寞孤独外，一定要保全自己，不能受伤出意外。西藏的国道上没有自行车道和画线，汽车都是高速前进的，每一辆后面来的车都要提防。

路上的风景单调得让人犯困，当然，如果第一次来看，还是很壮观的。

快到吉定的时候，一个六人的骑行队从我身边轻快地骑过去，我突然精神百倍，也跟上队伍骑行。到了吉定，大家很自然地一起聚餐。他们是从川藏线骑行过来的，但是由于假期时间不多，只带了一些衣服，轻装向珠峰出发。人多聊得开心，也就吃得多了，饭后有点昏沉。然而只有适当饥饿才更能保持精力，所以出发

后我跟不上他们的速度，就分开独自去拉孜。

离拉孜还有 30 公里左右的时候，突然觉得大腿很沉重，使不上劲，坚持骑了一会儿，腿越来越无力，可能是抽筋了。更糟的是天空起了巨大的阴云，远处已在闪电，估计再有一小时，乌云就会吹到我这边，到时就是冻雨加冰雹。我评估了一下身体和天气，独行的危险性太高了，只有想办法尽快离开荒野。

拦车是艰难的。路面上有越野车、皮卡、大巴车，还有拖拉机。问了几台拖拉机，都是附近村庄的车，不去拉孜。越野车一般无空位，而且我还带了自行车，拦了也白拦，只有皮卡才能解决问题。

等了很久，终于有辆皮卡停下来。这是辆回程皮卡，司机问我搭到哪，我说搭到拉孜，司机不同意，他要去白坝，我知道他是想多赚点，看着天气，他要是不搭我，能否拦到下一辆车还是个问题，只有放弃了拉孜到白坝的骑行。

想想也好，到白坝可以休整一天，保存体力养好伤，去爬我一生中碰到的最难的路——珠峰盘山路。

一分钱难倒英雄汉

到了白坝我就打电话问苏州同学和广东同学到哪了。边防证是我们三个人一起办的，放在他们身上，他们不给我证，我上不了珠峰。他们说现在正在爬珠峰，第二天下午会回来，真是来早了不如来巧了。

晚上在旅馆里住，全是空床，只有我一个人。老板跟我说，我只付了一个床位的钱，所以晚上随时会增加旅客进来，那也没办法，反正第二天我也不赶路。

九点多，来了个广西的车友。我们谈得比较投机，他说难得有缘一起骑过这条路，留个电话叫我到了广西记得找他。

第二天起床，除了恢复腿伤就是无聊地等待。白坝这个地方非常小，离定日县城还有七公里，因为这里是去珠峰的必经之路，很多游客在这里集中，人来人往，有些热闹。我喜欢呆在士多店门口，买点东西并和老板交流。士多店的老板对当地情况很熟悉，出去骑游时，向他们打听情况一般没错，而且游客都到士多店买东西，也容易碰上人交流。当地藏民对我的自行车很好奇，都来借我的自行车体验一下，玩得很开心，还拍照留念。他们不太理解，我为什么要骑车跑到这里来。

白天这里有很多越野车和中巴车，都是拉人上珠峰的。我见到有两个游客，脸色苍白，估计是不适应。他们说在这呆了一两天了，还是很难习惯，所以犹豫要不要上珠峰。这里的游客，有的害怕晚上在珠峰大本营不适应，所以选择早上五六点坐越野车出发，下午回来，不用过夜，难怪我一早就听到无数越野车轰鸣。有的游客是选择过一夜，但是个别人回来后上吐下泻，高原反应很厉害，别的游客见到了都会怕。

　　因为怕骑车旅行过程中丢钱，所以一般是到了目的地再去取钱。我骑车去定日县城，县里唯一一台柜员机居然坏了，而且银行在装修，不上班，取不到钱，这是天要绝人之路吗？

　　一分钱难倒英雄汉。我身上只剩 380 元，珠峰买门票要 180 元，晚上住宿 40 元，吃饭 20 元，第二天到扎西宗吃住 80 元，第三天到珠峰大本营要 60 元住宿和 40 元吃饭，回来时的饭钱 20 元，预算要花掉 440 元，还差 60 元钱，而从珠峰大本营搭车回白坝还要 100 元，等于有 160 元的资金缺口，怎么办？这里什么人也不认识，这事还没办法跟老婆说，因为她也没办法帮上忙。

　　我盘算着我的钱，想想前方的不可测因素，有点想放弃，直接坐车回拉萨，等大家一起去普玛江塘乡。于是我给晓星同学打了个电话，问了一下情况。晓星同学已经接待了一批队员，他和我提到佳雨同学她们改了路线，也往珠峰大本营来了。我连忙打电话问了一下佳雨同学。佳雨同学说她们包了辆车，后天到珠峰大本营。我一阵高兴，也就是说，我们是在同一天到达珠峰大本营。我跟她们说，记得多取点钱，我身上钱不够了，借我一点。

　　钱的事一落实就可以放心了。别人是骑车去珠峰挑战自我，我是骑车去珠峰借钱。

　　这时候，苏州同学和广东同学搭车下山了，他们把边防证给了我。他们说只用了一天时间，在晚上 11 点骑上了珠峰，结果在山上冻得半死，还好走之前我把自己多余的一件衣服给了他们。

九十九曲珠峰路

　　早上 5 点起床，5 点多出门，发现路边的面馆已经开门营业了，我是第一个客人。在一片漆黑中，我上路了。这里不比城市，没有光污染，天黑就是真的黑，伸手不见五指，我小心翼翼地慢慢骑着，以防掉到沟里。

　　骑在路上，回望身后的山峰，已经被云彩照亮，黎明快要到来。这时不断有越野车从我身边经过，我担心司机看不见我，只好小心翼翼地避让。过鲁鲁检查站时，我出示了一下边防证，很快就过关了。

　　离开了318国道，我转进珠峰路。这条超级碎石搓板路，是我这辈子骑过的最烂的路。来的时候早有心理准备，骑的时候才发现和想象的还是不一样。路上都是碎石，路面像人的肋骨，骑行在上面，车子一颠一颠的，无法提速，有力气却使不上，只能承受一上一下颠簸。这根本不是骑车，而是鸡啄米。有时候路的边缘石头多一点，路平一点，就骑上去，能加一点速，但马上就掉到肋骨路里去了，手震得发麻。

　　加拉乌山顶一直在眼前，上山路有九十九道弯，所有的弯都是180度的回头弯，叫发夹弯。就这样一直来回搓，越野车过去后很久，还是看到它在眼前搓来搓去到不了顶。

　　越野车经过时，带起的尘土让人受不了，本来氧气就很稀薄，还要吃灰。可是看着车窗里伸出一只只竖着大拇指的手，也只有忍了。

　　无聊的时候就坐在路边的大石头上，看着眼前的汽车在盘旋，山下的汽车在打转。

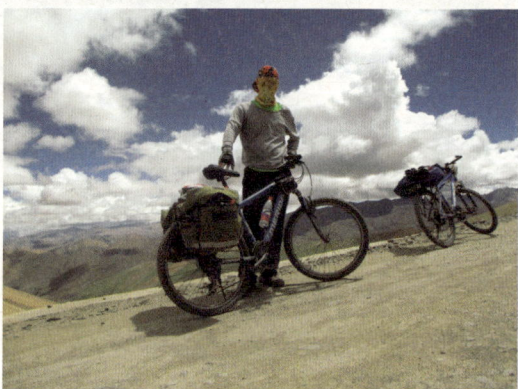

　　郁闷的事发生了，离山顶还有几公里时，大饼找不到了，可能半路上掉了，我已经饿得不行，看来只有想办法讨点吃的了。路上一个深圳车牌的自驾车车主正在停车看风景，看见我打了个招呼，我问他有没有吃剩的东西，他听了很惊讶，把吃剩的芥末饼干给我，这真是好东西，吃了防感冒。他老婆还要把车里仅有的三个水蜜桃给我，说他们下山还能买到。我只要了一个，因为我快要到山顶了。

　　这时候我发现山下不远处还有个车友在盘旋着，很高兴，就停车等他。见面后发现我们的车都是一样的，年纪也相仿，他九年前坐车来过珠峰。很多游客到了山口就下山了，他告诉我其实再向上爬几百米，才是真正的山顶，能看到群峰连线的美景和一览众山小的壮观美景。但是坡太陡，我们只能推上去，路上喘得不行，感觉快要断气了。

　　我们坐在山顶向远方眺望，云层一线展开，壮美而辽阔。门票上的风景就是这里，拿着门票对着看八峰连线，可是珠峰躲藏在云层里，一直没有出来。

　　我们坐在山顶上发呆。这里离天太近了，大片的云彩触手可及，环顾四周的群山，寂寥如斯，看看我们来时的爬坡路，像巨蛇一样盘在山坡上，上面还有几辆越野车卷起阵阵尘埃。

　　等了近三个小时，珠峰还是躲在云里，不肯出来，我决定先走，因为我还要赶路。下山的路和上山的路一样是搓板路，虽然下坡省力，不用踩，但是一样颠得半死，后来发现骑快点还比较好。路上碰到一个回

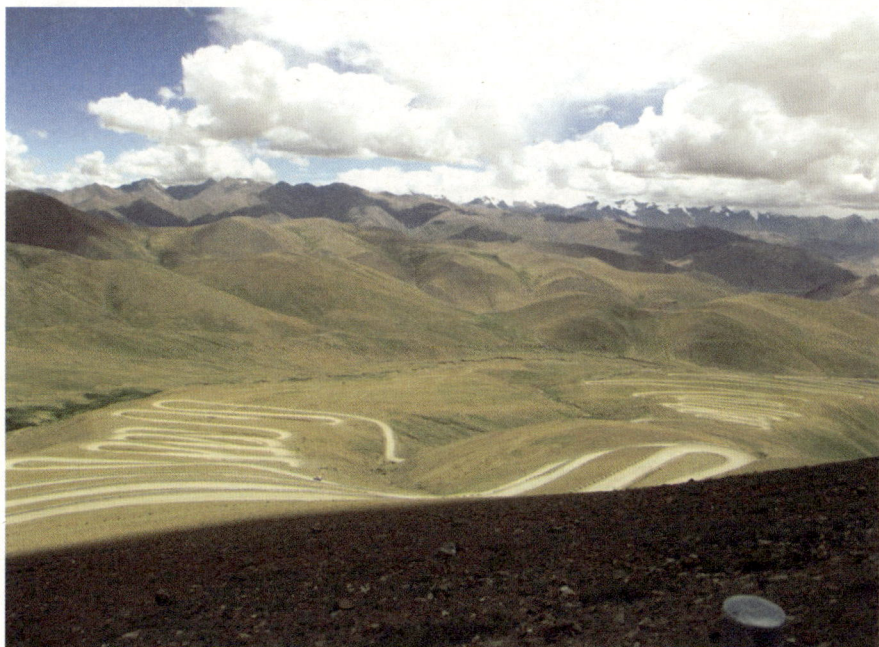

程的摩托车手，一个劲对我伸出
大拇指，我倒担心他单手骑车的
安全。

这搓板路，骑久了感觉会震
出脑震荡，加上缺氧，意识都有
点模糊，结果有个弯忘记转了，
差点要直接冲下山去。于是我换
个战术，下几公里坡，休息一会，

避免意识模糊。后来听劳少讲，他在这路面上是直接摔出去的，伤到了腿。

去扎西宗的路很平缓，但是路面很不清晰，我也不知道走对了没有，手机也连不上 GPS，总觉得路很长，四周没有任何生命，感觉有些害怕。

总算到了扎西宗，这是个很小的村庄，一进去就见到路口的餐馆。吃饭是我的第一要务，所以就近选择了路口餐馆，我边吃边打听路。还有 40 多公里到珠峰，要不要继续骑？现在已经是下午 4 点，如果一小时骑 8 公里的话，6 小时能到，但是看这路面一小时估计是骑不到 8 公里。正在犹豫中，路上碰到的车友也到了，他跟我说，还是先住下吧。有人泄气，再加上吃完东西人很舒服，就顺水推舟了。

我问老板哪里有住的地方，老板说就在边上呀，果然边上的房顶上写着"宾馆"两字。据说这个宾馆是本村最豪华的，我们也懒得再找，进去问多少钱一张床位，老板说 25 元，我们说再帮你拉一些客人来，算 20 元吧，老板同意了。

我们俩又坐在路上看人，过了一小时，在白坝碰到的三个车友也骑了过来，见到我们，他们很高兴，我说住宿都帮他们安排好了。

这里天黑得晚，我问老板有没有充电的地方，老板说他们这里只有太阳能，而且不稳定，让我自己试下能不能充。

充电的过程中，我到隔壁商店购买了第二天路上吃的东西，想到第二天可以借到钱了，花钱也大手大脚起来。回来后发现可能是电压不稳的原因，手机变成了"白苹果"，无法开机，拔出电话卡放在备用手机上打开，可是佳雨同学她们的电话全是存在机身内存上，卡上没有，这上珠峰要是联系不到她们，我怎么回来呢？

珠峰之日照金山

早上我睡到自然醒，慢悠悠地出发，路面依然是搓板路，更麻烦的是太阳很晒，紫外线超强，没有任何地方可以遮阴。骑出一阵后，就觉得人很无力。

这时候，刚好路边有拖拉机经过，我突发奇想，能否体验一下坐拖拉机的感觉呢？我叫住司机和他商量，司机是本村藏民，很高兴搭我一下，不过说只能搭两公里，之后他就要转弯去别的地方。

我把车扔到拖拉机上，坐在拖拉机边缘，在突突声中启程了。前些天是坐上了火车去拉萨，现在是坐上拖拉机去珠峰，又多了一种体验。

两个骑摩托车的从我身边经过，然后停下来和我一

起聊天。原来他们在这里做工程，是骑车过来玩的。我说你们离家这么远来做工程呀。他们说是呀，现在碰到人说说普通话都挺高兴，他们有时会骑摩托来这里爬山，这儿有座海拔 6 000 多米的山，想家的时候就到山上看一看远方。

　　山坡边上有河流，河边有不少玛尼堆，突然看到昨晚一起住的两个车友在水边捡东西。我过去一问，原来在找奇石呢。真有奇石就发达了，我也加入了捡石头的队伍，可惜啥都没发现，不过看到了几只藏岩羊，它们也不是很怕我们，让我们拍了照才跑开。

　　进入深深的山谷里，开始起风了，"大风起兮冻死人"。喜马拉雅山的背阴处，大风狂啸，乌云涌起，气温直线下降，我把一切能穿上的都穿上了。

　　暴雨夹着冰雹还是下来了，我终于理解到广州同学说的"冻得半死"的意思了。还好这坏天气只持续了不到一个小时，天就放晴了，又可以爬坡了。

　　快到绒布寺时，珠峰全在云里面，根本看不到，巨大的风吹得人有点喘不过气来，只好下车推着走。绒布寺边上有一排住宿的房子，我跑进去躲风，顺便烤火取暖。客栈条件还不错，问了一下游客，说这里住宿要40元，而前面三公里处的珠峰大本营住宿要60元，他们说在这儿看珠峰和在上面看是一回事。可是我还要去珠峰大本营借钱，于是顶着逆风继续前进。

　　到了珠峰大本营，已经7点了，天有点昏暗，珠峰还在云里面。我看着一排排的帐篷，感觉有点晕，我去哪找佳雨同学她们呀，难道要一个个帐篷喊过去？这时一起在加拉乌山顶看珠峰的车友正好从帐篷里走出来，抬头时看到我，叫我去他那个帐篷住。

帐篷里面烧着火，很暖和，但空气质量有点差。我休息了一会儿，就出去找佳雨同学，看到很多游客去帐篷营地后面的空地拍照，我也准备穿过帐篷去看看，没想到佳雨同学她们面对面走过来，太惊喜了，我的财神爷。

我去佳雨同学她们住的帐篷看了下，发现许同学躺在床上没起来。她有高原反应，恶心呕吐，不过说自己没什么大事，多休息就好了。

晚上9点，突然有人喊，珠峰出来了，跑出去一看，果然，珠峰慢慢从云层间露出一小部分山顶，在夕阳的照耀下，山顶变成了金色，这就是传说中的日照金山。我一来就看到珠峰了，而且还是日照金山，老天真是厚爱我。

游客们非常激动，长枪短炮拍个不停。珠峰慢慢脱掉罩在身上的云层，雄伟的山体缓缓地显现出来，是那样的气势磅礴、震撼人心，这就是世界第一高峰，"引无数英雄竞折腰"的高山。多少人来这里看珠峰，却失望而归，今天它却崭露峥嵘，我忍不住张开双臂，对着珠峰

呐喊。

珠峰像是能听懂我的呐喊，从乌云间射出金色的光芒，照耀着这片亘古的荒野。作家刘墉说："你可以一辈子不登山，但你心中一定要有座山。它使你总往高处爬，它使你总有个奋斗的方向，它使你任何一刻抬起头，都能看到自己的希望。"从拉萨到这里，车轮不停地转动，只为一个目标：亲眼看看世界第一高峰，看一看曾经的沧海化成的高山。

我为什么要出发，因为山就在这里。这是我骑行到达的最高海拔，这是今生亲眼见到的最高的山，我用车轮超越了自己的极限，为自己的生命增添一抹美丽的色彩，为自己的人生写下一个无畏的故事。

看到珠峰的心情是不容易平静的，晚上 11 点多，我又溜出帐篷散

步。外面有几个人正架着相机对着天空拍照，我抬头一看，整个人被震住了，黑幕上绣满了星斗，闪闪发光，巨大的银河跨越了整个天空，北斗七星是那样的明亮清晰，不时有流星划过，还有人造卫星经过。

我仰望星空，想起了康德的那句话："有两种东西，我对它们的思考越是深沉和持久，它们在我心灵中唤起的惊奇和敬畏就会日新月异，不断增长，这就是我头上的星空和心中的道德定律。"

第三堂课
公益旅行　世界之巅支教

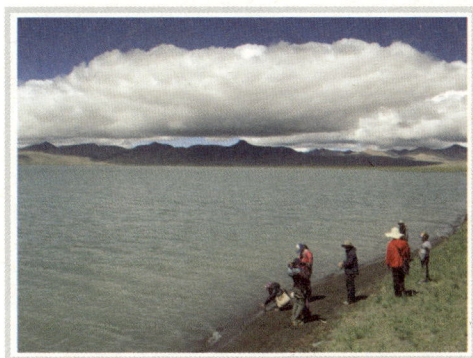

离天最近的梦想

西藏山南地区浪卡子县的普玛江塘乡，是世界上最高的乡，平均海拔 5 373 米，普玛江塘乡完全小学是世界上海拔最高的小学。这是一个离天最近的地方：比珠穆朗玛峰大本营还高出近 200 米，这是一个挑战人类生存极限的地方：空气含氧量不足海平面的 40%，年平均气温零下 5 摄氏度。除了牦牛和绵羊，鸡鸭鹅猪等家禽家畜都养不活，被视为"生命禁区"里的"禁区"。

2011 年 8 月，我坐车到过这所小学，和校长有过沟通交流。2012 年 5 月，我和赵老师商量，我们组建个世界之巅支教团，去挑战一下人生的极限。我把主题确定为旅行、支教微公益、体验学习，活动确定为探访、交流、交朋友，和当地人一起生活，了解当地的情况。

我在课上说了这事，佳雨、旭君、晓星等同学听到后，积极报名参加。在拉萨的摩友之家，各地在网上报名参加的人都聚齐了。

赵老师已有上万公里的骑行经历，背包走过新藏线到达拉萨集合。劳少是华南理工大学的研究生，非常积极，有热血和冲动，花了大量时间招人、组队、定做服装等。佳雨、旭君、晓星等同学得到了父母的大力支持。佳雨同学在临出发前又约上表妹一起走。

志强同学是铁蛋同学的师弟，铁蛋同学回去后，建了一个骑行川藏群，影响了该校很多学生骑车进藏。

黑仔是四川的大学生，露毅在遥远的东北读书，秀秀同学是重庆师大的，饮铁同学来自山西，他先到摩友之家做义工。

大家聚在一起开了个讨论会，商量去世界上海拔最高小学的问题。大家集体出钱，凑了 2 700 多元，购买了 106 套"脸盆计划"物资，执行世界上海拔最高的"脸盆计划"。出发的方式确定为，劳少他们六个骑车去，大约两天到，我们九个坐车去，一天到。我带上我的自行车，想顺便去尝试寻找世界最高的路口，挑战人一生骑行所能到达的最高高度。

　　我提议晚上聚餐，为出行庆祝，大家很高兴，饮铁更是乐意，在这做了几天义工，现在可以为自己做饭了。我们这群曾经在路上的野驴，对吃还是很有感情的，决定打火锅，一次吃个够，因为接下来去普玛江塘乡我们不知道能吃到什么。

世界上海拔最高的小学

早上我们九个去车站坐车，我带上了自行车，把自行车装到公交车上花了一些时间。路过羊湖时，大家很兴奋，司机也很配合，停车让大家欣赏一下风景。

这条路让我回想起自己骑车在这里淋雨的经历，有些感慨。同样的路，那时我却在这里流落，寻找可以避难的地方。

到了浪卡子县城，我们包了辆中巴车上山，我把自行车头盔给了后排坐的同学，预防颠簸时头撞到车顶。戴着自行车头盔坐汽车，想起来就很有趣。

去普玛江塘乡的路是沿山开出来的，一边是碎石加土路，一边是绝

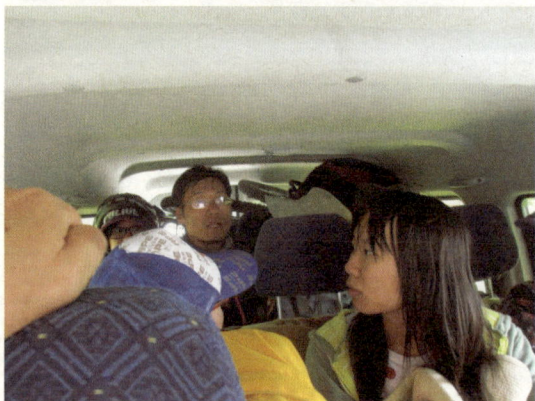

壁悬崖，很多地方坡度较大。坐在车前座，我感觉我们是一路向天驶去。下午5点左右，高原的冻雨冰雹就开始了。高原的天气很有特色，这边是乌云密布，大风冰雹，那边却阳光灿烂，蓝天白云。

这一路海拔最高的公路山口是 5 600 米，Biketo 网站上的孔雀等大神在《骑在世界最高公路山口》的帖子里，介绍了丁丁、孔雀、流虹三位骑行爱好者在 2011 年 6 月穿越海拔 5 820 米的拉琼拉公路山口的经历。这贴子当时引起了我的好奇，想知道人类骑行所能到的高度极限是多少。

我在来之前，在地图上查看了普玛江塘乡的地形，发现那里有很多海拔六七千米的山，我带上自行车，很想试一下我这一生骑行所能到达

的最高高度。

　　经过艰难的行驶，我们到达了目的地。普玛江塘乡门口有个牌子，写着世界之巅，海拔 5 373 米。

　　来这里碰到一个意外情况，县里组织十多名医生来给村民体检，医生把学校能住的地方全住了，我们打电话给云丹校长，他请教导主任想办法解决。

　　教导主任一家住在学校里面，我们用普通话沟通还是有一点障碍。因为这时候还没有开学，老师和学生还没有回来，他安排我们住教师和学生的宿舍，但是教师宿舍房间的钥匙找不到了，教导主任也很无奈。

　　我们不可能在房子外面睡觉呀！黑仔看了我一眼，我们几个商量了一下，决定不管三七二十一，先把房门撬开再说，到时赔老师一把锁。黑仔问藏民借来一把大钳子，和露毅两人开始尝试钳断铁锁，佳雨等女生在边上加油。咔哒，铁锁断了，我们终于可以入住了。打开房门一看，房间里的条件之恶劣是我们没有想到的。

　　房间是套间，外面一间，里面一间，外面三张床，里面两张床。床

上的被褥应当很久没有洗过了，看上去很脏，有很重的味道。房子中间是烧火取暖的炉子，一根管子通到房顶，将燃烧产生的气体排出去。我有点担心，这样安全吗？废气会不会泄漏，晚上睡觉时我们会不会因吸多了一氧化碳死掉。

里屋很黑，没有窗户，我一看觉得不对劲，如果晚上里面睡人，很可能会缺氧，我提议搬一张床出来，这样我们四人都睡外面屋子。

天黑了，我们开始做饭。教导主任让我们用走廊上的煤气炉，管后勤的找来高压锅、碗和案板刀具，给了我们一些黄瓜、辣椒和胡萝卜。院子里有口井，女生抢着打水洗碗洗菜。

由于条件有限，我们只做一个大锅菜，这是我们生平第一次在高原做饭，大家围在炒菜锅边上谈笑风生。想想学校食堂的炒菜师傅也不容

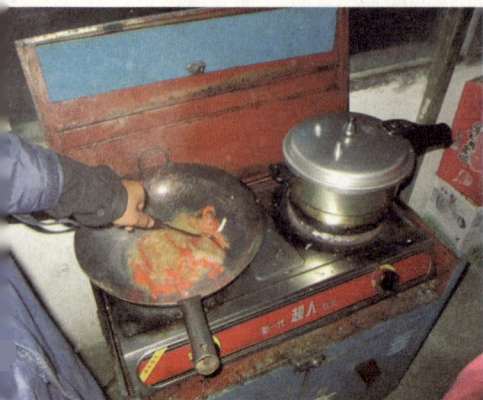

易，那么多菜倒在一个大锅里，还要炒出好味道。

教导主任借给我们一盏老式煤油灯，我们围坐在一起，在昏暗的灯光下吃饭。运气不错，高压锅做出来的饭没有那么夹生，虽然只有一锅饭一锅菜，但是吃起来还是那么香。

晚上睡觉时，我们都钻到自己带来的睡袋里睡觉，至于会不会有高原反应，天亮了才知道。

雪域时光静如水

早上起床，我感觉自己一切正常，回想起昨晚似乎做了个万马奔腾的梦。黑仔和露毅的呼吸很均匀，赵老师不在床上。

出门发现赵老师在边吃边看书。他很早就起来了，还为大家煮好了稀饭。赵老师一直保持着早睡早起的良好习惯。

玻璃墙外，满天云彩透出一片蓝天。高原的天特别蓝，是那种很透很透的蓝，纯净得让人心情开

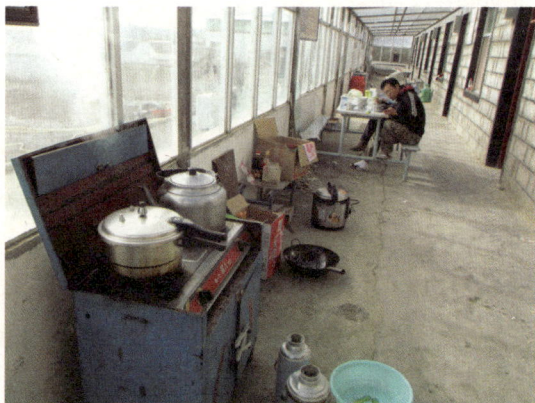

朗。清冷的早晨，阳光透过玻璃照耀在我们吃饭的餐桌上，让人感到非常温暖。

在这里的第一顿早餐，大家都吃得很舒服。大家陆续起来了，赵老师给大家充当临时服务生，大家一起围坐在餐桌边上，这里没有师生的差别，只有家的感觉。和骑车赶路相比，坐下来慢慢吃稀饭加咸菜是多么幸福的事。

高原的日子过得很慢很悠长，早上六七点太阳出来，晚上九十点太阳才落下，一天的白昼时间比内地多了三四个小时。时间是一种概念，因人的心态和所处的环境而改变。

学校 15 号才开学，今天是 11 号，我处于无所事事当中，真是"春有百花秋有月，夏有凉风冬有雪。若无闲事挂心头，便是人间好时节"。我的智能手机坏了，上不了网，也刷不了微博，平时这些科技产品总是填满大脑和空闲的时间，突然闲下来了，人却很自在。

这里是高原，人类生命的禁区，无法种植蔬菜，人们只能靠牛羊生活。人们散居在这里，这个乡不到 1 000 人，只有一所学校，牧民无法离开他们生存的土地，他们的孩子也需要教育。

记得在白坝时，和一个杂货店的藏族老板聊天，他很年轻，他说他还好，读书读到了初中，可以讲汉语，于是就在白坝开了一家小杂货店，做汉族游客的生意，生活水平远远超过别人。

教导主任的三个小孩对我们很好奇，后来就把同学们当成了自家人，大家在一起玩得特别开心。小孩对我们的一切都表示出极大的好奇心，他们根本没有玩具，连我们送的一些自行车尾灯都爱不释手。

学校院里有一口井，他们一家就靠这口井维持生活，这口井也是我们的生命之源。

玻璃墙内，最小的小孩子在吃着方便面，妈妈在外面井边给女孩梳头。

佳雨同学她们开始忙着烧开水，赵老师在房间里写着他的日记，秀秀有过多次支教经历，会调教小孩，几个小孩围着她团团转。

扎西副校长也来看我们了，接下来几天他放弃自己的休息时间，一直住在学校陪我们。他是个随和的人，也喜欢和我们交谈，虽然有一些话听不太

明白，但他让我们这几天的生活变得有趣有意义。

不知是不是时间的错觉，还是因为缺氧，在高原上记忆很容易模糊。有些事总是记不住，像教导主任和他小孩的名字，我好像记住了，

却一直想不起来。

在这里，我们最基本的生存需要就是吃饭，洗澡的奢望在来之前就已经否定掉了。这么多人，做饭吃饭很花时间。第一次做中午饭我们还是按着平时的习惯从 11 点多开始，后来才发现，当地人是下午 3 点才吃午饭的。

在海拔 5 000 多米的玻璃房，晒着暖和的太阳，听着呼呼的风声，享受着阳光午餐，感觉特别舒服温馨，这样的经历一生能有几回？

寻找普姆雍错

午饭后我就琢磨这几天如何安排大家，来之前我就给大家描绘过普姆雍错的美丽。普姆雍错位于浪卡子县南部，羊卓雍错之南，海拔 5 010 米，是山南地区第二大湖，西藏海拔 5 000 米以上的湖泊中最大的湖泊。地图上好像很近，可是在这里连它的影子都没看到。我问了扎西副校长，他说要绕个很大的圈才能到达，有几十公里路。

　　我出去看了一下地形，远方是一片终年积雪不化的雪山，雪山背后就是传说中人民幸福指数最高的国家——不丹。从学校走到附近的一个村口，看到一大片高原牧场。牧场上有河流有湿地，我隐约看见牧场的远方有一条路，我感觉再远一点可能就是普姆雍错。

　　我决心过去探下路，和赵老师他们打了个招呼，就出发了。大片的牧场并没有路，草地、湿地、水塘混合着，还有一条河流穿过。

　　我推车进入牧场，感到一阵苍凉，这里的草非常硬，刺得人生痛，这里到处是沼泽带，需要仔细地寻找一个个硬质地面绕过去。牧场里寂静无声，可以很清晰地听见自己的心跳，偶尔有秃鹰飞过，停在远处看着我。

　　花了一个多小时，估计走了不到六公里，感觉有些害怕，我不时回头望来时的路，希望回去时别迷路了，又行进了一个多小时，还没有走出多远。这时我回头看到远方乌云开始聚集，起风了。

　　我环顾四周，大为恐惧，这要下起暴雨来，我就困在这走不了了。我马上推车往回赶，路上看到远方的乌云已经和山顶连在了一起，山顶慢慢变白，风也越来越大。

　　离开牧场时，我看到

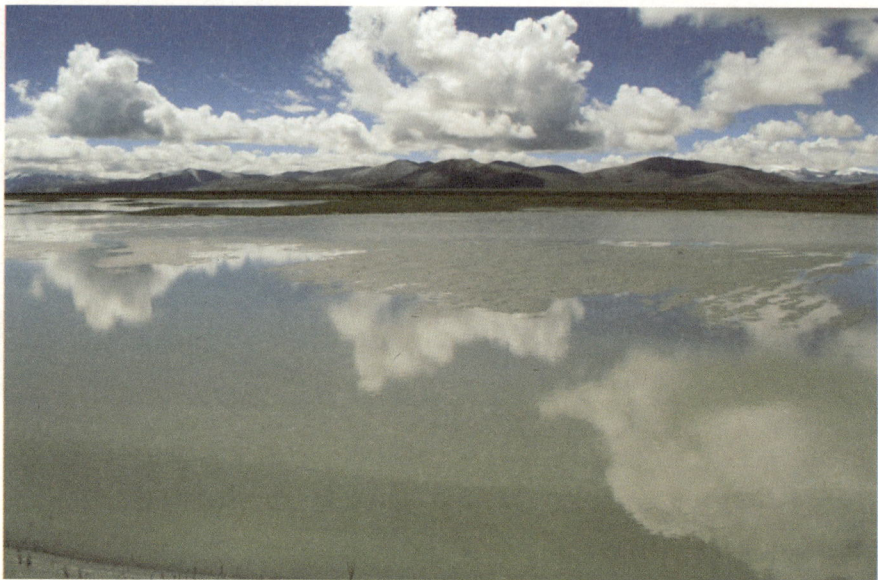

了世界上海拔最高的派出所，普玛江塘边防派出所。这个边防派出所是 2012 年 3 月才成立的，我本想进去看看，但是电话响起，赵老师说，云丹校长回来了，要我赶紧回去。

世界之巅见闻

这是第二次和云丹校长见面，他从山下带了很多食物上来，解决了

我们的吃饭问题，我非常不好意思，这里学校本来条件就很艰苦，我们却来白吃了。

校长告诉我们，他受到中央电视台的邀请，

开学会带一些学生去北京，参加中央电视台的教师节晚会。他由于工作太忙，就委托扎西副校长陪我们。临走前，我们强烈要求和校长合影。后来中央电视台在教师节晚会上，见到云丹校长代表全国教师第一个出场，讲述世界上海拔最高小学的故事，非常开心。

云丹校长走后，我和扎西副校长说，能否带我们去边防派出所看看。派出所就在小学隔壁不远，武警战士对我们非常热情，但是一切都得按规矩来，因为这里是边境，我们是外来人口，必须先登记。登记完后，战士们和我们交流，大家处得越来越熟，后来有战士说要带我们去一个神秘的地方。

我们走出院子，进了一个地道，一转弯，看见了一个蔬菜温室。天哪，这里居然有蔬菜。战士们说他们反复在这里试验种植，有些菜已经可以存活了，这里可是世界上海拔最高的蔬菜温室。

在学校附近小商店买东西时，我注意到路边空地上有很多现代文明所产生的垃圾，像可乐瓶之类的，甚至还有很多玻璃碎片。进了小商店，里面有几个村民在喝青稞酒聊天。有个年纪较大的藏民起身举杯，唱起了动听的藏歌。我对这一幕很感兴趣，征得同意后，就拿出相机来拍。

　　藏民请我一起坐坐，给了我一瓶青稞酒，举起杯，对着我唱起祝酒歌。这时旁边一个较年轻的藏民用汉语和我说话，他自我介绍他是这里的乡长，在内地读过大学的，所以会讲普通话。他告诉我那藏民唱的是祝酒歌，是原汁原味的，有的藏民可以连唱一整天祝酒歌不重样，很可惜的是，乡里的年轻人现在更多的是接受流行文化，老一代的文化很难保存了。

天使的眼泪——普姆雍错

　　扎西副校长办事真是很尽心，昨天我向他提出我们想去普姆雍错看看，今天早上他就告诉我，村里有个藏民可以开拖拉机送我们过去。

　　旅行就要体验不同的人生，拖拉机旅行大家还没试过，教导主任的两个小孩也想跟我们去，这样连扎西副校长在内，一共12人，虽然拥挤，但是热闹，车一开动，突突突的，大家就兴奋得一起大喊起来了。

　　在土路上坐拖拉机是个技术活，也是个体力活，车子很颠簸，如果没抓好，就很容易被甩出去。拖拉机经过一条河，爬出河床时，马力不够动不了，司机要我们下去推车，赵老师是推车主力，我担心大家会不会因用力过度而产生高原反应。

　　拖拉机经过碎石路面时，一震一震的，撞得屁股和腰都受不了，我们只能蹲在拖拉机上减缓冲力，可是蹲久了大腿又受不了。看来以后坐

拖拉机旅行，要准备一个减震坐垫才行。

　　终于看到了普姆雍错，这是个与世隔绝的圣湖，宁静而圣洁。这里没有游客，只有蓝天、白云、雪山和我们。热闹地拍完照后，大家都安静了下来，三三两两地行走在湖边。

　　我沿着湖边漫步，这样的美景是要带着一颗寂寥的心去体会的。天

地间只有湖水拍打着岸边的声音，此刻仿佛在尘世行走，又仿佛在仙境
行走，或许这样一直走就会走入湖心，走入那不为人知的世界。

　　回去的时间到了，拖拉机出了问题无法发动，只好从村里叫另一辆拖拉机过来载我们。或许是冥冥中这湖水在挽留我们，让我们能多一点感受尘世外的东西。我们并排倒在湖边睡起了大觉，就这样静静地享受时光的流逝。

　　过了很久，村里的拖拉机到了，放下一根拖绳，绑住我们的拖拉机，在突突声中起航归程了。

教学资源紧缺的小学

　　回到小学，劳少等六人骑行队也到了，他们见到我们激动不已。他们在爬坡时被冰雹砸了，跑到普玛江塘乡上避难，碰到了云丹校长。云丹校

长微笑地看着他们，问他们是不是来支教的呀。劳少顿时惊呆了，在这离家万里的地方，居然有人知道他们。

从山下到山上虽然只有 70 公里，但这 70 公里全是上坡土路，中间还要翻过一个 5 600 米的山口，下午 5 点经常有冰雹，能活着到达就是胜利。

扎西副校长又打开一间学生宿舍给他们。学生宿舍里有八张床，但是每张床都很短，躺下脚就出去了，有两个同学带了睡袋，打算自己睡地上算了。

下午找同学们讨论了一下，觉得我们要为学校做点事，有的同学到图书馆分类整理一下图书，我帮扎西副校长修电脑，顺便拷了一些教学资源

给他。这里非常缺汉语对照的书，也很缺图文并茂的课外书，孩子们的汉语能力普遍比较弱。现代化的教育设备和信息化的教育资源或许有助于改善当地的汉语教学。

晚上我到外面看天空，没想到这里和珠峰一样，也是满天星斗，珠峰有山挡住了天空，这里整个星空一览无遗，像一个巨大的锅盖罩住整个世界，闪亮的银河贯穿其间，地平线上也全是星星在闪动。满天的星星明亮闪烁，离我很近很近，仿佛就在眼前。

我喊大家快出来看星空，劳少激动地说，这里的星星真的会眨眼呀。在星空下，我产生了一个想法，能否在这里建设一个世界上海拔最高的校园天文台，通过网络，向全国的中小学生直播夜晚的星空呢？

纠结的心情

有一种梦想，照亮我们去远方；有一种热情，激励我们去挑战高度；有一种放弃，叫人无奈而又忧伤。

我此行的目的之一，就是想去骑行海拔 6 000 米的山，向勇于寻找世界最高公路口的大神们致敬。这是我的一个梦想，后来依旧是一个梦想。

接到老婆电话，说家里有事，孩子过几天就没有人看管了，要我早点回去，我说我是带队的，我一走别人怎么办，老婆说那我们家的孩子怎么办？很郁闷，很纠结，我说再考虑一个晚上。

早上起床后和赵老师商量，想去骑行海拔 6 000 米的山，赵老师也跃跃欲试。我去问了一下武警战士哪儿有海拔 6 000 多米的有路可爬的山，他告诉我，离这 30 多公里那边好像有座山是海拔 6 000 多米，但是不知道有没有路能爬上山。

这让人非常纠结，30 多公里，来回就是 70 多公里，如果还需要爬 20 公里山的话，来回就是 100 多公里了，在这 5 000 多米的地方骑 100 多公里，万一回不来就麻烦了。

路上我看到劳少等人在小学的房顶上欣赏风景，走过去一看，原来有铁梯可以爬上去。我也爬上了屋顶，在上面张望，那远方的雪山一定有我想去的地方。

四周一片寂静，我在这片雪山中的平原的最高处，开始坐着发呆。一边是前进的方向，一边是回去的方向。我想起了珠峰路上碰到的那两位搞工程的浙江人，他们说想家的时候就会爬到山上看看远方，他们因为生活而没有选择。我在路上偶尔会问自己，为什么出来骑行，为什么要在路上。仔细想想，这仅仅是一种冲动，一种激情，老婆提醒过，有些事经历过体验过就够了，这又不是你的生活。

我决定回去了，远方的山再高，翻过去又能如何，已经出来这么久，不能不管自己的孩子。我爬下房顶，跟老婆说我准备提早几天回

去，让她帮忙打电话联系改签机票的事。

回到宿舍里，我和赵老师说明情况，他说不骑也好，出了事也麻烦。赵老师跑了很多地方，很多事很清楚，在路上，一切都可能在变化。

骑行的同学中有一个过来问我，他身上长了很多红点，不知怎么回事，睡一晚就成这样了，我怀疑是他皮肤接触了脏东西过敏了。正好佳雨同学的表妹是学医的，虽然是学牙医，那也算是医生，赶紧叫她过来帮忙看下，最后分析估计是过敏了。

老婆说给我改签成后天的机票，那我明天一定要离开了，我和赵老师解释了下情况，大家碰头开了个会，说明我有事要提前走。

扎西副校长过来和我们聊天，他说后天开学，学生就回来了，到时我们可能要调整一下房子，或是几个人再挤一下，还说晚上要带我们去一个神秘的地方，究竟是什么地方，我们套了半天也没套出来。

晚上月朗星稀，扎西副校长带我们转了几圈路，走进一间放着很大声音乐的房子，我们进去一看，里面坐了几十号人，原来这里是世界上海拔最高的卡拉 OK 舞厅。真是无法想象，在这雪域高原上，居然还

有一个卡拉 OK 舞厅。

音响里传来欢快的藏族歌曲，很多年轻人在这里跳着锅庄，房子四周摆满了藏式木床，桌上很多啤酒，在小商店见过的几个藏民也在，热情地邀请我们坐下来喝两杯。大学生们也和年轻人聊得很投机，这真是个让人意外的晚上。

山区的物资极其匮乏，很多必备的生活用品比如指甲刀，在这里也没有。我的驮包里带的一些装备，如吹风机、手电筒、雨衣、手套等，在临走前都留给了学校，我想这里雨天需要雨衣，晚上出门上厕所需要手电筒，冬天需要保暖手套。这些都可以设计成将来的微公益项目。

天文奇观

第二天早上起来，陆续有各种车辆送学生回学校，学校的中巴车接了一批小学生回来，也有家长开着手扶拖拉机带着学生回来。我看着这一切，突然有点失落。

我请扎西副校长帮助找车下山，他叫我等等。于是我躺在操场上发呆，劳少也过来躺在操场上陪我发呆，骑过川藏线的人在哪都可以休息。

接下来突然出现一件让我震撼的事情，天空突然阴了下来，在我们

的正上方，太阳在中间，像一个圆心，边上一个巨大的彩色光环横空出现，完全笼罩着我们。这是我一生中从未见过的奇景，我完全呆住了，什么话也说不出来。

扎西副校长叫

我去派出所，原来有时有军车来这里办事，下山时如果有空座可以顺路捎上一些人。平生第一次搭军车，我从没想过自己也能免费搭车旅行，因为我不是大学生，我掏不出学生证，我这长相路上的司机也不容易信任我。

部队司机的开车技术让我震惊了，一个半小时左右，70 公里的山路就跑完了，我到了离浪子卡县城不远的部队驻地，军官说只能送我到这里了，我要自己骑去县城找车回拉萨。

在浪卡子县我才知道这里一天只有一班回拉萨的车，已经错过了。路上找了几辆中巴车问了问，他们都不愿意去拉萨，因为现在去，晚上回不来。

浪卡子县的公路上，空旷无人，我忧郁地推着车慢慢行走，阳光照在我的身上，落寞的身影如此悠长。

我在低头推车的时候，身后来了一辆公共班车，在我身边停下，我转头去看，司机笑着对我说，上车吧。

我一下就晕乎了，这不是在做梦吧。这真是一辆公共班车，车上正坐着一个身穿制服的司机。上了车，我感觉是在做梦，我问司机不是说没有班车了吗？司机笑着告诉我，说我运气好，他这车是从江孜过来的加班车，一周也就一两次吧，让我碰上了。

第四堂课
文化传承　重走圣人路

周游列国的梦想

2013 年 8 月，河南、山东等多地发出高温橙色警报，媒体报道，有些地方的路面可以烧烤，将生肉烤成熟肉，甚至可以煎鸡蛋，气象台短信不断提示人们尽量避免户外活动。在这个最不适合骑车的天气，我却由于正好有时间，踏上了说走就走的朝圣之路。从 2013 年 8 月 8 号开始，到 2013 年 8 月 16 号结束，我完成了高温天气下的自我挑战，没有什么可以阻挡我的朝圣之路。

学习了中华优秀传统文化后，我一直有个想法，重走一次孔子周游列国的线路，亲身感受一下孔子当年的心路。当年孔子周游列国是从鲁国（国都为今曲阜）出发，大致走了卫国、宋国、齐国、郑国、陈国、蔡国、楚国等地，对应当代的大致路线是曲阜—濮阳—长垣—商丘—夏邑—淮阳—周口—上蔡—罗山，然后原路返回。

沿着孔子当年周游列国的路线去朝圣黄帝、嫘祖、老子、庄子、孟子、孔子等，或许是了解中华文化的一条极好的游学路线。

骑单车只能沿着国道省道走，我计划从孔子周游列国的起点——信阳开始，路上边行边修改路线，花十天左右时间，到达曲阜。

买车出发

从广州坐高铁到信阳只要五个小时。信阳是华夏文明的发祥地之一，西周时期，是申伯的封邑地，司马光砸缸、亡羊补牢等成语故事就发生在这里。《中国信阳览胜》上说：60 岁出头的孔子，应楚国邀请到负函城，途中发生子路问津事，最后赶到负函城，这是孔子周游列国的最南端。从这里，沿着 107 国道，可以到达炎黄子孙的祖先黄帝故里，继续向前可到达首都北京。

为了省去带自行车上高铁的麻烦，我采用走到哪就到哪买车，骑到终点后卖掉的战术。一下火车我就直接找车行买车。

在信阳城，可以沿着河边慢慢骑行，欣赏北国的江南风光。

我选择住在信阳师范学院，学校里面感觉舒服点。信阳师范学院一进门就是明德广场：大学之道，在明明德。信阳师范学院内有很多校友赠送的纪念物，有一块石头上刻着"观物明理"四个字，为物理系校友所赠。这是学习物理的一种基本素养，但是我用百度搜索了半天，也没查到这四个字的原文出处。

信阳位于河南省南部，地处淮河上游，大别山北麓，东临安徽，南接湖北，扼两淮而控江汉，襟荆楚而屏中原；东西经济交融，南北文化荟萃，既具中原豪放气势，又呈南国婉约风情，素称"江南北国，北国江南"。这个以大米为主食的北方城市，保留着南方城市才有的气息，同时也接受着来自北方风采的浸润，所以说信阳是楚风豫韵浇灌起来的城市。

　　信阳是华夏文明的重要发祥地之一。这里出土了我国第一套编钟，由它奏响的《东方红》乐曲，1970 年被我国第一颗人造地球卫星带上了浩瀚太空；这里是孔子周游列国的终点，历史与现在只隔着一层时光，我仿佛可以感受到那悠悠的楚风拂面而来。明天不管阳光多猛烈，骑行一旦开始，就只能继续。

晒得黑白分明

行程：信阳—驻马店　123 公里

　　我离开信阳师范学院，开始了千里走单骑的旅程。北方马路的路面很宽，感觉很安全。这一路是丘陵地貌，有很多起伏路，人比较累。

　　骑了不久就感受到天气的厉害了，在阳光的暴晒下，我没办法骑太快。路上经过城阳城，用百度搜索了一下，原来这儿是战国晚期楚襄王的临时国都。城阳城是我国现存六座楚城中保存最为完好的一座，我国第一套青铜编钟就是在这里被发现的。

　　骑在路上，我发现

了一块路牌，上面写着"鸡公山粮液乡村钓鱼岛"，有意思。

到上午 11 点，骑车模式已切换成喝水模式了，见到有卖水的就去喝一点，上坡加炎热天气烧烤，感觉不是出来骑车的，而是出来喝水的，只有自嘲，发了条微博"子曰，吾道一以贯之。吾道，以水而灌之"。

下午 2 点多时，大腿已经黑白分明了。在路边卖冷饮的地方休息时，卖水的对我说："老乡，别骑了，这天最少 40 度，小心点。"可是选择了出发，就只有一路向前。这时来了一辆装满木头的大货车，下来八九个伐木工人，带头的工人和我聊起天来。我说边骑车边旅行，这样可以一边健身一边看风景。他感叹，有这时间干嘛不去干点力气活，也健身呀，以前有钱人开车旅行，现在改骑车旅行了，我一时无言。

下午 4 点多，阳光没那么猛烈了，我拼命加速骑行，赶往驻马店。

骑行的第一天，就感受到酷暑的威力，阳光直接照射在身上，像针刺一样让人皮肤刺疼，路面上层层的热浪让人焦躁。每骑一阵就要找水喝，用水来补充流失的水分，降低体内不断上升的温度。

驻马店位于河南中南部，是蔡氏、金氏、江氏家族的发祥地，重阳节和中国"四大传奇"梁祝爱情故事的发源地，也是"盘古开天地"等美丽神话传说的发祥地。

骑在路上，想到老婆在家里，可以根据我每天到的地方，给孩子讲故事。孩子以后也可以看微博，知道老爸曾经到过这里，这里发生过什么故事，呵呵，心里美滋滋的。

在驻马店花了很长时间忍饥挨饿找青年旅店，后来在路边看到有家"7 天连锁酒店"，通过手机订房，非常方便，以后不用骑得半死去找旅店了。

一个共产主义村庄

行程　驻马店—许昌　140 公里

许昌禹州是中华民族、中华文明的发源地，华夏族群生活之根，中国史书记载的第一个世袭王朝——夏朝的发源地和国都。

从驻马店到许昌有 140 公里，任务艰巨，我上午骑 80 公里，下午再骑 60 公里。

路上经过西平市，是嫘祖的故里；又经过漯河县，东汉时期著名的经学家和文字学家许慎就诞生于漯河召陵，他编纂的《说文解字》是世界上最早的字典，被誉为"文宗字祖"。孔子当年在陈蔡漫游，主要逗留在漯河的归村，孔子曾在此言：

"归于! 归于!"后人将此地命名为"归村"。其蕴意是说孔子睹战乱之苦，而自己追求的"仁政"又不为统治者采纳，油然而生思归之情。

旅行中总有很多意想不到的事，路上爬到一个桥顶，却发现这里在修路，只能跟着公共汽车转到桥下涵洞走，但是涵洞积水很深，我不敢轻易通过。我爬到路边坡上观察，发现汽车在走左边水坑时，会陷入一个深坑再出来，而右边的路，汽车能较平缓通过积水，于是我决定从右边路冲过去。在我观察水坑的时候，一个汽车司机拼命向我打手势，我没理解他的意思，也微笑向他挥手示意，等冲过水坑才明白，他是想告诉我，前面有另一条涵洞没有积水，自行车是可以通过的。

路上经过南街村，这是一个共产主义小区的样板，我非常兴奋，小时候一直唱着"我们是共产主义接班人"，但还没亲自见过共产主义是什么样的。只是在讲社会学时，和学生提到，日本有个山岸会，算是个共产主义的雏形。

南街村实行的是"工资+供给"的分配制度，村民们免费享受水、电、气、面粉、节假日食品、购物券、住房、上学、医疗等多项福利待遇，生活上无后顾之忧，全体村民居住在30多栋配备齐全的花园式现代化公寓里，人人安居乐业、家家生活幸福。

南街村很安静，不时有游客过来参观，我骑车沿着村里的马路逛了一圈。这里的印象像是回到从前，毛主席语录刻在工厂的墙上，路边房子的楼顶竖着雷锋、刘胡兰等人的画像，毛主席纪念广场庄严肃静，周边矗立着马克思、恩格斯、列宁、斯大林等人的雕像。

　　小时候有过这样的科学幻想，如果人类能实现冬眠技术，让我们睡一觉，直接进入共产主义社会，要什么有什么，那有多美好呀！长大了才明白，人只能活在当下，而且，没有我们大家的努力，哪来的共产主义社会呢？

　　下午 4 点多，碰到一个中年的骑行者。这是我在路上碰到的第一个骑行者，我们打了个招呼，很自然结了队。边骑边闲谈，他是从东北过来做生意的，感觉到了一定的年龄，需要多运动了，于是买了一辆旅行车，开始练习骑行。这次他从漯河出发，准备骑去新郑，然后再骑回来。我觉得很奇怪，这来回 200 多公里，都到了这个时间点了，怎么骑回来？他说连夜骑回来，因为天气太热，晚上骑车更凉爽，这里挺多人

这样干的。107 国道在河南境内非常宽，晚上装个车灯，是没有什么风险的。夜半无人，星月相伴，凉风习习，蛙声一片，这样的骑行意境，想起来也是醉了。

闻听三国事，每欲到许昌。三国的故事有 7 成发生在许昌，关云长夜读春秋，千里走单骑……在这熟悉而又陌生的许昌，千年的记忆回到了现实，一段段历史需要慢慢品味。

早晨许昌的街头非常热闹，很多居民聚集在公园里娱乐。我穿过春秋桥，直奔春秋广场的春秋楼，这里是武圣关云长住过的地方。

三国中与关羽有很多交集的人物是曹操。在曹丞相府广场前，保安不让停自行车，但听说我是从广州来的，很热情地说要帮我看着自行车，让我进去看看。在广场荫凉处休息时，碰到一群来参观的游客，其中一个看见我是骑车来的，主动和我聊了起来。原来他是骑车游中国宣传见义勇为的骑士方德永。

这是我在路上碰到的第二个骑行者。2012 年他辞掉工作，一个人踩着一辆改装后的二六自行车，驮着重达 150 斤的宣传单、帐篷等行

李，开始了漫长的"见义勇为，拒绝冷漠"的公益宣传之旅。人生能用几年的时间坚持做一件事很不容易，能做成一件事更不容易。他热情邀请我参加第二天的宣传活动，我由于已计划好时间，婉言谢绝，直奔黄帝故里——新郑。

黄帝故里

行程　许昌—新郑　50公里

河南新郑古为有熊氏之国，轩辕黄帝降于轩辕之丘，定都于有熊。黄帝统一天下，奠定中华，被后人尊为中华人文始祖。庄子曰："世之所高，莫若黄帝。"

今天路程漫长，马路像个巨大的烧烤场，阳光像一把把刀子投过来，人无处躲藏，于是在路上被晒得发晕，晒得发狂，晒得焦躁不安。我看到路边有个修车补胎的，马上冲过去拿水龙头直接喷洒全身降温，

管它后果如何，然后跑到边上的士多店避暑，望着白花花的马路干瞪眼。

路过长葛市时，我看见了"立马滚蛋"的雕像，北方挺多这样的造型。我对长葛这个地名完全没概念，停下车，搜索了一下，原来"楷书鼻祖"钟繇就出生于这里，会写汉字的人有机会可以到这里膜拜一下。

在长葛找了个餐馆吃饭，点了一个菜一个饭，20元，北方的饭菜很便宜，分量大，盐分足，吃饭就当补盐了。吃饭时搜索了一下新郑相关的典故，觉得很有意思，都是书上曾经学过的。老婆给孩子讲过的"两小儿辩日"的历史故事，原来也发生在这里。

故事是这样的：孔子东游，见两小儿辩斗，问其故。一儿曰："我以日始出时去人近，而日中时远也。"一儿以日初出远，而日中时近也。一儿曰："日初出大如车盖，及日中则如盘盂，此不为远者小而近者大乎？"一儿曰："日初出沧沧凉凉，及其日中如探汤，此不为近者热而远者凉乎？"孔子不能决也。两小儿笑曰："孰为汝多知乎！"

以前只知"东道主"这个词，但是不知出处，我查了资料才明白，典故出于《左传·僖公三十年》："若舍郑以为东道主，行李之往来，共其乏困，君亦无所害。"东道主即在东方道上为秦国负责招待事务的主人，后来，人们就把主人称为"东道主"。

新郑在历史上还出过一个名人韩非子，所以这里有个景点叫郑韩故城。很多的历史知识与故事，就在这条路上串起来了，一路走，一路有新的体验和感悟。

临近黄帝故里时，车爆胎了，我无奈地坐在路边开始动手补胎。以往我对人说会补胎时，总能收获惊异的目光——"你也会补胎？"我也觉得奇怪，补胎很难吗？

黄帝故里景区位于河南省新郑市轩辕路北，占地面积100余亩，是海内外炎黄子孙寻根拜祖的圣地，也是十八届世界客属恳亲大会拜祖仪式和历年黄帝故里拜祖大典的现场。

在黄帝故里参观时，想起两句鲁迅的诗："寄意寒星荃不察，我以我血荐轩辕。"黄帝本姓公孙，后改姬姓，号轩辕氏，大约5 000年前，

黄帝从新郑起兵，一统华夏。黄帝推算历法，教导百姓播种五谷，兴文字，作干支，制乐器，创医学；建立了古国体制，划野分疆，设官司职，实行以法治国；在农业、制陶、交通及日常生活等方面都有许多创造发明。站在轩辕黄帝的雕像前，不禁肃然起敬。

轩辕黄帝作为中华民族的共同祖先，开创了灿烂的远古中华文明，奠定中华民族之基，开启了华夏文明之光。我们常说自己是炎黄子孙，叶落兮归根，故里兮牵魂，能够骑车到黄帝故里朝圣，也算圆了一个梦。

黄帝故里广场上有尊黄帝宝鼎，号称"天下第一鼎"。黄帝制作铜

鼎礼器，用以祭祀天、地、人。祭天，是乞求风调雨顺；祭地，是企盼五谷丰登；祭人，是祭祀祖先，希望子孙绵延昌盛。我们的祖先早已懂得人与人、人与自然、人与社会必须和谐共处。

在地下广场我还见到了满汉全席的展示品，中华的饮食文化让人大开眼界，发了微博给老婆和孩子共同欣赏了一下。

离开时，想起汉高祖刘邦的《大风歌》，也仿造发了一条微博：魂归兮圣人故里，身未动兮心已远，安得骑士兮走四方。

一路的典故

行程　新郑—扶沟　96公里

这一天有一丝中暑前的幻觉，道路明明是平的，但往前看，却以为是下坡，往后看，也以为是下坡。我喝了近20瓶水，再喝下去，就水中毒了。在路上休息时，一个路人拿着手机上气象局发的高温橙色预警短信给我看，劝我不要再骑了。

我从新郑转往 311 国道，前往老子故里朝圣。这条路线是在路上边走边查资料确定的。经过鄢陵县时，发现鄢陵别名花都，和广州市的花都同名，顿时感到非常亲切。

许由是中国历史上有文献记载的第一位隐士，被誉为"隐士鼻祖"。据说他出生和归隐都在鄢陵。许由为尧舜之师，他以辞尧禅让、隐居箕山、挂瓢洗耳而闻名于世。许由拒绝荣禄、谦让隐退的高风亮节，对中国隐士文化乃至道家文化的形成产生了重要影响，成为中国传统文化精神的一部分。从许由身上散发的隐士之思想、志趣和情怀等，形成了中国知识分子的一种精神品格。

由于时间关系，我只能骑车顺着国道继续走，不能去许由墓参观。路上看到一个指示路牌，"甘罗古柏"。《鄢陵县志·甘罗墓》载：甘罗墓位于城西六公里，在柏梁乡甘罗村东北部。我们送孩子上少年宫的口才班，她经常回家给我们背诵"秦甘罗，十二岁，拜为相"，以后有机会要带孩子来这抱抱这棵古柏。

天气非常炎热，我看到很多人在一座高架桥下面休息，我也停下来休息避暑。看了看周边的人们，年纪都很大，我和一位老人攀谈起来。这位老人 75 岁了，他叫我猜他身边的老伙伴年龄多少，我猜不出，他告诉我 85 岁了。那位老人 85 岁了身体还这么好，真让人佩服。

原来这里是长寿之乡，有很多百岁老人。鄢陵地处亚热带和北温带的过渡区，具有得天独厚的地理和气候优势，这里的空气质量达到国家二级标准以上，在鄢陵花木主产区，空气中负氧离子含量为 1.6 万个至 1.9 万个每立方厘米，超过世界卫生组织规定的"清新空气"标准 10 倍以上。

老人很健谈，虽然语言有些听不太懂，但我还是理解了大部分，因为天气很热，他们来到高架桥下避暑，因为桥下不断有大货车经过，带起的风相当于电风扇，这样可以省点电费。聊天时，不断见到一辆辆电动三轮车开过来，有老人下车坐下来乘凉。突然产生一丝内疚，我躲在家里吹空调的日子是不是太奢侈了。

为了能在天黑前赶到县城，我向老人道别，继续出发，在黄昏时进入了扶沟县城。到了县城，我先去寻找大程书院。程颢当年在大程书院讲学，弘扬儒家文化，"程门立雪"这个故事就发生在这里。天黑时终

于在书院街找到了这个地方，但历史上辉煌的大程书院似乎已淡出了人们的记忆。

晚上找了家县政府附近的旅馆住下，60元，感觉价格还挺合适。洗完澡，我开始搜索复习"二程"的资料。

程颢提出，教育之目的乃在于培养圣人，"君子之学，必至圣人而后已。不至圣人而自己者，皆弃也"。"孝者所当孝，弟者所当弟，自是而推之，是亦圣人而已矣"，即认为教育最高目的是要使受教育者循天理。程颢认为万物本属一体，人生的最高境界就是发明本心，自觉达到与万物一体，因此较多地强调内心静养的修养方法，不大重视外知。后来的"陆王"，大致沿着程颢的理路，将其发展为心学。

程颢的弟弟程颐则主张探求事物所以然之理，人生的根本在于居敬穷理，格物致知，较多地强调由外知以体验内知。后来的朱熹，大致沿着程颐的理路，将其发展为纯粹的理学。所谓的"程朱理学"，实际上主要指的是程颐和朱熹的理学。

路遇运瓜车

行程　扶沟—西华聂堆镇　60公里

人和动物的区别之一就在于人会使用工具。早上起来，我先去大程书院参观拍照，在附近找了个修车行，给单车装个保护伞，让刀子一样

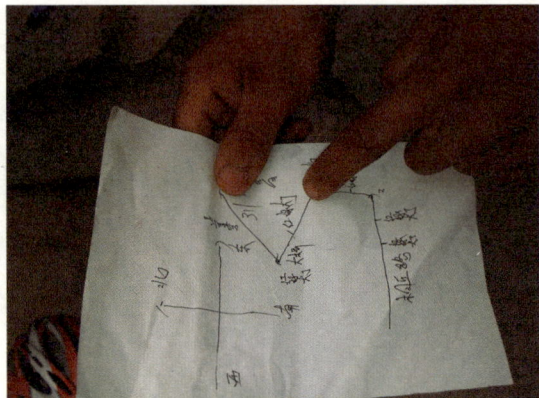

的阳光见鬼去吧。

在装太阳伞时，正好有一个高中生在边上，我问了一下去太康的路，高中生很热情地告诉我路线，但是我发现他没有说清楚方向，又多问了几遍，这学生很着急，跑去找来纸和笔，给我画了一张地图，告诉我如何走，让我非常感动。

转到311国道上后，路虽然不宽，但是路两边都是树荫，感觉好多了。骑了不久，远远看到马路中间居然有个几米高的雕像，过去一看，

居然是吉鸿昌将军之像，原来著名的爱国将领吉鸿昌是扶沟人，又给我补了一节历史课。

停车向将军像致意后，继续前行，看到了很多西瓜，第一次见到这

么多的西瓜。

　　这里盛产西瓜，现在是收获西瓜的季节，无数的运瓜车将西瓜从田间地头运向四面八方。但是这些车现在全堵在国道上，我推着车艰难地行走，实在走不了了，就和运瓜车司机交流起来。我问他们估计要堵多久，他们告诉我，应当堵了几十公里了，看这情形，堵一通宵都有可能。

　　我原定计划到太康县，但是现在被运瓜车困在国道上，这样走下去，晚上只有在马路上过夜了，于是转走村路，再走省路绕路前行。快到太康时，士多店老板介绍西华县聂堆镇有女娲城可以参观，我临时决定转道去看下，没想到后面的行程差点变成了亡命之旅。

恶劣的住宿环境

　　到聂堆镇时，我向路边停车的司机问了一下路，司机说现在去可能

会太晚，还是到路边的小旅馆住下为好。我估算了一下距离，这里到西华县是22公里左右，一小时能到，路上拐过去参观一下女娲城，应当可以赶到西华县。

到了女娲城路口，一路狂奔过去，因为路边标识不明显，多骑了十公里，掉头回来才找到女娲城。

从女娲城出来，天色已朦胧，回到329省道路口，天完全黑了，旷野上伸手不见五指，省道上完全没有灯光，汽车开着大灯呼啸而过。我站在路上估算，往西华县城是16公里左右，往聂堆镇是6公里。省道上没有自行车道，也没有路灯，这晚上骑车风险太大了，我没准备夜骑，所以也没有带手电和车灯，这样骑车非常危险，只有回到6公里外的聂堆镇才是安全的做法。摸黑走了6公里后，终于找到聂堆镇上唯一一个小旅店投宿，想起来还是后怕。

旅店的老板告诉我，几年前，曾经有个外国人骑车路过这里，在他这投宿，以后就没见过骑车的了。

旅店的住宿条件出奇的差，墙壁很脏，没有床，只有睡地铺上，被子散发着臭味，老式的空调发出巨大的声音，没有办法，只能在这将就住下了。房门很松，我搬过桌子堵住门，为了防止卫生问题，我用卫生纸铺满地铺，然后躺上去。

出去上洗手间，厕所没有灯光，很臭，用手电一照，发现马桶居然全堵了。我没想过会碰到如此恶劣的环境，心情陷入了低谷，开始后悔为什么要骑车跑出来，流落天涯，家里舒舒服服的不好吗？用手机和老婆孩子视频对话了一下，没敢给她们看我的住宿条件，这一夜没有睡好，突然很想很想回家了。

弦歌台的故事

行程　聂堆镇—鹿邑　134 公里

早上起来，我离开了聂堆镇，直奔淮阳太昊陵。

太昊陵，即"三皇之首"太昊伏羲氏的陵庙，位于河南省淮阳县城北 1.5 公里，国家级重点文物保护单位，中国十八大名陵之一。因其是中华民族"人文始祖"之陵庙，故称"天下第一陵"。

到了太昊陵，由于担心自行车的安全问题，只是围着太昊陵环骑了一圈，然后去管理处给明信片盖了章，可惜第二天明信片就丢了。

太昊陵不远处是弦歌台，是纪念孔子当年厄于陈蔡绝日弦歌不止而建造的。国家旅游局将弦歌台列入"孔子周游列国"国家旅游专线必至景点。当年孔子来陈国讲学，被围困在南坛湖的一个小岛上，没有吃喝，一连七日，孔子和弟子们就靠蒲根生存下来。孔子在陈"绝粮七日"，仍弦歌讲诵不止，这一精神，常激励后人严谨治学、志存高远。

弦歌台的门票很便宜，才 3 元，进入弦歌台后，看到金色的孔子像，像前有一副对

联，"切问近思大道修身，博学笃志中庸治世"。

从弦歌台到鹿邑，还有 80 多公里，先走 S81 省道，再转 S32 省道到达。骑省道是件很纠结的事，因为省道一般都不宽，路边没有自行车道，虽然可以骑，但是总觉得不踏实。

到达鹿邑县城正好是下班时间，县城里的大堵车让我目瞪口呆。行人、自行车、摩托车、三轮车、汽车全挤在路面上，寸步难行。看来这城市虽然经济发展了，但交通还没有跟上。

晚上我到鹿邑县城的弘道苑广场看了看，很多市民在这里进行休闲娱乐活动，在广场买了几串烤面筋，就回去休息了，白天骑车，晚上百度搜索学习，体验更深。

原来我住的地方在紫气大道附近，从鹿邑县城沿着紫气大道出来，是老子当年讲学的地方明道宫老君台，再往前五公里，到达太清宫，历史上曾有八位皇帝来这里朝圣。

对于学习求道，老子有一句名言，"为学日益，为道日损，损之又损，以至于无为，无为而无不为"。冯友兰先生说："为学就是求对于外物的知识。知识要积累，越多越好，所以要日益。为道是对于道的体会。道是不可说，不可名的，所以对于道的体会是要减少知识，见素抱朴，少私寡欲，所以要日损。"

关于教学，老子说过，"圣人处无为之事，行不言之教"。用心观察，自然万物都在向我们传递着信息，向我们行无言之教，关键是自己有没有用心去体验。

老子的老家

行程　鹿邑—商丘　105 公里

人生是一场没有攻略的旅行，我们只知道生是起点，死是终点。虽然父母长辈老师会帮我们做一些人生规划，但是人生充满了分岔口，走着走着，我们回头一看，发现一切已经和当初设想的不一样了。

我本来计划的行程是重走圣人路，沿着孔子当年周游列国的路线走一次，走着走着，突然发现这一路有这么多中华先贤、圣人故里，点点滴滴串起来，原来这才是一条中华文化游学之路。

从鹿邑沿着紫气大道出来，经过明道宫老君台，再往前 5 公里，到达太清宫，继续往前 25 公里，到达安徽省亳州市。亳州有三国的运兵道遗址，是华佗的故里，也是传说中庄子的故里。从亳州走 105 国道，可以到达河南商丘，一天时间从河南进入安徽，又从安徽回到河南，有

种梦幻的感觉。

明道宫位于老子故里鹿邑县城内，始建于汉代，兴盛于唐宋。这里是中国古代伟大思想家、哲学家、道家学派创始人老子传道讲学的纪念性建筑群。据清光绪县志记载，目前的明道宫景区是于2004年恢复重建的。我拉开条幅，拍照留念发微博，环骑一圈后接着上路了。

骑了不久就到了太清宫。唐开元年间，玄宗皇帝亲朝太清宫，为老子上尊号"大圣祖高上大道金阙玄元天皇大帝"，改庙名为太清宫，又亲手为五千言《道德经》作注，刻石立于太清宫。

太清宫对面广场是老子文化广场，中间有一个巨大的老子雕像，下面刻着"天下第一"，这样顺口一念，"老子天下第一"，不禁让人哑然失笑。广场四周有很多雕塑，沿着广场走一圈，看着人物的造型，配合石碑上的讲解，就可以简要了解老子的一生。

亳州是我国东汉时期杰出的医药学家"神医"华佗的故乡，被称为"药材之乡"，来这里要先去寻找华祖庵，它是祭祀华佗的庙祠。华祖庵静静地待在一条小巷里，没有什么游客。

从华祖庵到三国曹操的运兵道并不远，骑车很快就到了。曹操地下运兵道长 4 000 余米，是迄今发现历史最早、规模最大的地下军事战道。它远远超过地面上保留的一座完整古老城池的价值，被誉为"地下长城"。

我找到一个门卫，请求他帮我保管自行车，然后卸下行李，去探秘中国唯一的"地下长城"，亲身感受三国古战场刀剑如梦的气氛。

现存古地道，有土木结构、砖土结构和砖结构三种类型，有单行道、转弯道、平行双道和上下两层道四种形式。地道距地面深度一般 2 至 4 米，最深 7 米，道内高度 1.8 米左右，道宽 0.7 米，道内转弯处均为"T"形，平行双道相距 2 至 3.5 米，中间砌有方形传话孔。

古地道内幽深蜿蜒，曲折不定，设有猫耳洞、掩体、障碍券、障碍墙、绊腿板、陷阱等军事设施，还有通气孔、传话孔、灯笼等附属设施。

一进运兵道，空气马

上凉爽起来。在运兵道里行走，突然就产生了恐惧感，生怕在里面迷路转不出来。我和几个游客一起，在里面窜来窜去，终于找到了出口，出来后，真有种隔世穿越的感觉。

离开亳州，沿着105国道，不久就离开了安徽，我又重新进入河南境内，直奔商丘。

到了商丘市境内，发现日落很美。在广州，由于高楼的阻挡，基本上没见过如此美的日落。大自然是这样美好，我却忘记停留下来欣赏它。我在路边买了个西瓜，静静地看着太阳缓缓融入远方的森林，就这样静静的，人也融入了朦胧的黄昏。

到了极限

行程　商丘—邹城　259公里

这一路都是睡到自然醒再出发，在商丘很早就入睡了，因为第二天有200多公里的路程，希望第二天早起一点，在天气凉快的时候多赶点路，能一天到达邹城。

邹城，简称"邹"，古称"邹鲁圣地"，位于山东省西南部，是中国历史上著名的思想家、教育家孔子和孟子的诞生地。邹城历史悠久，得山水之灵气，仰圣哲之光辉，承耕读以传家，有"孔孟桑梓之邦，文化发祥之地"的美誉。

沿着 105 国道，我离开河南进入山东境内，本来是壮志凌云，想一天搞定这 200 多公里，但是大腿上的乳酸堆积越来越严重，气温越来越高，让人昏昏沉沉。地面的风吹来，估计有 50 多度，像在一层层热浪中前进。人是有极限的，骑行 8 天后就进入疲惫状态，肌肉根本不想运动，身上的伤也积累了一些。

到了单县，我钻进一个有空调的餐馆吃饭避暑。饭后出门时，热浪逼来，一冷一热，感觉身体应当无法承受，于是决定搭公交车去济宁，跳过这一段午后的酷热。

单县公交车站的工作人员听说我要带着自行车坐公交车，表示不太理解。我演示了一下山地车的快拆，可以把车当成货物放在公共汽车尾箱，他们才恍然大悟。由于我是特别的旅行者，工作人员很热情地让我到站内和司机们一起休息候车。

车到了济宁，我向司机道了谢，继续向邹城前进。济宁有 7 000 年的文明史，是中华文明的重要发祥地之一。春秋战国时期，被后世尊称为中国历史上五大圣人的"至圣孔子、亚圣孟子、复圣颜子、宗圣曾子、述圣子思"都诞生在这里。

在路上看地图时，发现微山湖就在附近十多公里处，想起了那首歌，"西边的太阳快要落山了，微山湖上静悄悄，弹起我心爱的土琵琶，唱起那动人的歌谣"。这一天是 8

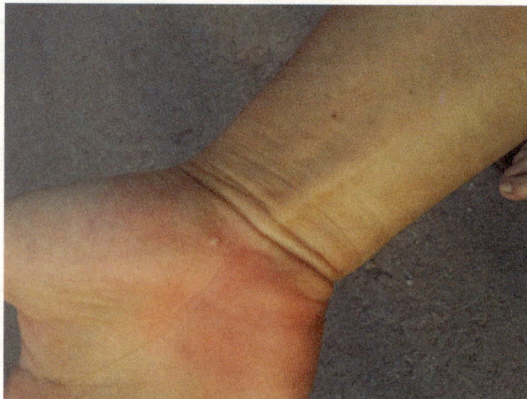

月 15 日。1945 年 8 月 15 日中午，日本天皇的《停战诏书》正式播发，日本宣布无条件投降，中国人民长达八年的抗日战争宣告结束。我的抗"日"骑行也快结束了。

有条路叫孔孟新道

行程　邹城—曲阜　22 公里

早上睡到自然醒，然后骑车去孟庙，本想进去参观一下的，因为自行车保管的问题，最后决定还是转一圈看看算了。两边的墙上，一边写着"继往圣"，一边写着"开来学"，原来这是乾隆的题词，取自朱熹的《隆兴府学濂溪先生祠记》："此先生之教，所以继往圣，开来学，有功于斯世也。"

在孟庙外边休息边复习了一下孟子的名言。如《孟子·告子上》中

孟子曰："故天将降大任于斯人也，必先苦其心志，劳其筋骨，饿其体肤，空乏其身，行拂乱其所为，所以动心忍性，曾益其所不能。"《孟子·离娄下》中孟子曰："大人者，不失其赤子之心者也。"《孟子·公孙丑上》中孟子曰："我知言，我善养吾浩然之气。"

从邹城过去 25 公里是曲阜，也是我此行的终点。这条路被命名为"孔孟新道"，非常有意思，将来如果有学生来这里，可以从孟府徒步到孔庙，来一次朝圣微旅行。

曲阜最著名的景点就是"三孔"：孔府、孔庙、孔林。在万仞宫墙前，我碰到了两个骑行的大学生，请他们帮我拍了单手举单车的相片。我们一起交流了骑行的体会，我说了我这次骑行的目的。他们听完挺感兴趣的，表示以前只是单纯的骑车，没有想到要结合学习。

一次骑行能学习如此众多灿烂的中华文化，确实是非常有意义的事。每一段旅程都有结束的日

子，旅行只是学习生活的一部分，在户外，缺少实际生活中的干扰，更容易专注。当亲自经历和体验过，有些事将永难忘记，有些经验将永远积累。

第五堂课

成长礼物　亲子游学

教育的梦想

人生要有一次壮游，教科书不是学生的世界，世界才是学生的教科书。我希望孩子将来有时间去经历和体验祖国之壮美、世界之多彩、苍穹之璀璨。

孩子终将会独自面对这个世界，我希望有一些真实经历的故事，让小孩体验人生的道理；我希望有一些不平凡的经历，让小孩不去攀比物质的东西；我希望在我们变老的时候，有些故事能让孩子在人生最困难的时候，感受到父母的鼓励，去坚强地面对这个世界。

2014 年 8 月 23 日下午 7 点左右，8 岁的小乖来到了珠峰大本营 5 200 米的标志碑前。

人物出场：

小乖：旅行中的主角。八岁，从未上过高原，对高原无任何概念。

妈妈：小乖的守护神。从未上过高原，对小乖到西藏总是不放心。

爸爸：向导兼保镖。去过两次西藏，第一次骑车到拉萨，第二次骑车从拉萨去珠峰，然后在 5 000 多米的地方生活过一周。

我们从广州坐了 55 个小时的火车到达拉萨，在拉萨坐了 3 个小时火车到日喀则。在日喀则包了辆越野车，凌晨 4 点出发，经历冰雹、烂路、错路，费时 15 个小时左右，从没有上过高

原的母女俩终于来到珠峰
大本营，继续徒步走上离
珠峰最近的几十米高的观
景台。

　　这最后一百多米路是
小乖长这么大遇到的最艰
难的一段路，因为缺氧，
小乖嘴唇发紫，走一走便

得停下，轻声说："我们回家吧。"听着有点心疼，回家，回营地还是
回广州？前面还有几十米，离家却有一万里，我突然心里有点难受，为
什么要带她跑来这么远的地方，万一有点事怎么办？

　　小乖停下了，拉着我们的手，转身往回走。高原反应让人头疼，眼
睛感觉胀痛，我想还是带孩子往回走吧。妈妈却说，再坚持一会，我们
就要到顶了，跑这么远，就差几十米路而放弃多可惜呀。我们轻声劝着
小乖，再试下，再走走好吗？小乖犹豫地点点头，又转身继续向上爬，
走一步歇一下。

　　一家三口都有些高原反应，非常累，我们一边一个扶着小孩，让她自己慢慢地走，走两三步就要停下来休息，爬到坡中间，小乖又站着不动了，大口地喘气。边上有个旅客过来说："还是不要让孩子爬了，小孩还这么小，大人都受不了。"我们征求小乖意见，还要不要爬，这时我已下定决心，如果小乖不想爬了，最后这十多米，我就抱她上去，行程一万里，绝不能差这十多米。

　　小乖休息了一会，说我们还是走吧。突然被她感动到了，生命的成长是一种陪伴，这段最难的路我们共同走过。终于爬到了坡顶，直面壮丽的珠峰。面前的珠峰山体雪白，呈巨型金字塔状，威武雄壮，令人顶礼膜拜。天气很冷，风很大，小乖依偎在妈妈身上休息，这一刻或许是孩子收到的生命成长过程中最好的礼物，在最艰难的时候，我们一同走过，一同来到这海拔 5 000 多米的高处。

　　画外音，旅行反思：

　　之前和小乖妈讨论过很多地方，为什么要去珠峰大本营？我的观点是，要去就去一个有标志性的地方，这样将来小乖的印象才会深刻；要去就去一个相当艰苦的地方，让孩子体会到路上的艰辛，受点磨难，才有教育意义。去珠峰大本营，对树立孩子的自信心很有帮助，完成了一件别人认为很难完成的事，对今后做别的事情也有启发。我们一次去得足够远，对开阔孩子的眼界，看到外面不同的世界，对今后了解认识世界也有帮助。

　　教育孩子，要发挥家庭教育的优势，尽父母自己的能力来给孩子不一般的教育体验，我们家的优势就是爸爸是头有经验的驴子，我想我们不是单纯带孩子旅游，而是旅行。在户外，把孩子放在真实的情境中，给孩子真实的体验，从而获得认识世界的直接经验，对将来符号化的学习也有所帮助。

小孩比我想象的要强

2013 年暑假，我们带孩子坐高铁旅行。去曲阜的火车上，发现只要多坐一站，花 19 分钟时间就可以到泰山，和小孩商量后，全家一致意见是去泰山转下。在酒店打听，服务员说会组织客人爬泰山，不过要凌晨 1 点多出发，送到泰山的登山口，大约五个来小时爬到山上看日出，然后自己回来，服务员问我们报不报名。

凌晨 1 点起床，我们全愣住了，全家都没试过这么早起的，问孩子意见，孩子也很犹豫，她不知道爬泰山有什么意义。老婆读大学时爬过泰山，我只是从课本上知道泰山之险，我想既然来了，就全程爬上去试下吧，虽然孩子只爬过海拔 300 多米的白云山。

孩子还是比较容易说动的，反正有父母陪着，就同意了。这晚 8 点多就上床，全家人都在强迫自己睡觉。

凌晨 1 点钟我们爬起来一看，酒店门口已经站了一大堆客人，我心情有点激动也有点紧张。我们带着睡眼蒙眬的小家伙上了车，到了登山口。

排队时发现也有家长带着孩子来爬的，但是很少像我们家孩子这么小的。爬山的过程是艰难的，老婆牵着孩子慢慢爬，我在后面做保镖。路上行人挺多的，坡也不陡，大家边爬边互相鼓劲，孩子在这气氛中也没觉得特别累。

过了十八盘后，明显感觉压力大了，天很黑，脚下不能踩错，踩错滑倒滚下山可不是开玩笑的。

我们边爬边给小孩鼓劲，虽然睡眠不足，孩子也能坚持住，后来总在问，到

没到山顶呀。等真正爬到山顶，孩子高兴坏了，直说，我好棒吧，我好厉害吧。

回到酒店后，我们给孩子讲了很多关于泰山的故事。后来孩子说："爸爸，我们马上要学习黄山的课文了，我们去爬黄山吧。"

从泰山到曲阜，很明显看到孩子的独立能力变强了。住旅舍时，孩子要求自己拖行李，自己整理衣物，能帮上父母的忙，像个小大人了。

在武汉坐公交车时，孩子说尿急，我们看公交车离车站挺远，就叫她再等等，没想到她居然主动跑过去和司机说："我尿急，叔叔能不能停下车？"司机很高兴为小孩服务，马上找地方停车。孩子上车后说："谢谢叔叔。"司机听到小孩的话，露出很开心的笑容。

2014 年春节，我们带孩子去山东过春节，之后坐高铁去了北京。我们打算爬上长城，却碰到了北京冬天的第一场雪。

我们问孩子要不要爬长城，孩子想了想还是说去爬吧，不到长城非好汉。我们在德胜门找到了去长城的公交车，到了长城脚下，感觉被风

吹得冻得受不了，躲到边上的商店里吃了碗方便面，身体才变得暖和起来。

长城上全是雪，我很担心孩子冻感冒了，在外地生病是件麻烦事。孩子似乎不在意，只要父母爬，也跟着爬，看她这么精神，我们也就放心多了。长城有几个路段很陡，妈妈连拉带拽把孩子带上去了，孩子每完成一段，就摆出招牌剪刀手，让我们拍照。最后没想到小家伙居然靠自己爬到了长城终点。

下长城时，我带着孩子慢慢向下跑，她特别开心，一下子就把妈妈甩得很远，我和孩子只用了不到半小时就跑下长城，这件事孩子印象特别深。

这两次旅行让我意识到，有父母的陪伴，孩子其实能完成很多以前我们认为很难完成的事情。

火车上的儿童乐园

2014 年暑假我们开始讨论去哪儿的问题，备选的方案有很多，可是订票麻烦，理想中的行程在网上老是订不到票，最后下了个决心，简化目标，简化行程，一步到位，直接去远方，西藏。

妈妈想去西藏，却非常担心高原反应，特别是小乖。我经验丰富，说不必担心，妈妈总觉得我说的不靠谱。西藏的行程规划了很久，我提出想试一下，不光带孩子去拉萨等地玩，最好带孩子上珠峰大本营。妈妈听了很紧张，有些犹豫。

第一次去高原，从西宁坐火车到拉萨还是有必要的，提前适应一下高原，而且格尔木到拉萨这段路上风光无限，整一个观光列车，车窗外到处是 Windows 桌面般的景色，感觉非常好。

火车上一群陌生人封闭在一个空间里，自然要交流。小孩子的交流随心所欲，熟悉了，马上就玩到一块。之前带孩子去过一些地方，小乖说，以后不出去玩了，她不喜欢，问为什么，说没有小朋友一起，有什么好玩的，要有小朋友一起才去。小乖看中的不是风景，而是和小伙伴一起玩。在火车上，小乖跟对面的孩子聊得很开心，一起爬上爬下玩，一起做同样的事情，把这片小天地变成孩子的乐园。

　　想象中的小乖不适应长途列车的情况没有出现，她还说很开心，爸妈允许吃零食，吃方便面，用手机听故事，爬来爬去玩，在火车上的小日子过得挺开心的。

　　火车上收到新闻，林芝出了一起车祸，一辆载满游客的大巴掉到江里去了。过了西安，有游客收到拉萨导游发来的短信，提醒最近旅游在整治，不要去拉萨了，最好在西宁下车就近玩。有个游客听说我去过西藏，跑来咨询，我凭直觉告诉他们不用担心，西藏比想象中好多了，高原反应不是很可怕。但是在西宁停车时，我发现有些游客下了车后，没再上车。

　　火车进入高原后，看着列车上的海拔表不断上升，3 000 米，4 000 米，5 000 米，再观察小乖，似乎没有太大反应。我自己就是犯困，靠多睡来适应。但是后来听一个旅行者说，他在格尔木身体不适晕倒在地，还好被列车服务员发现。

　　火车一路经过八个省，我们给小乖讲解大秦岭、黄河、黄土高坡

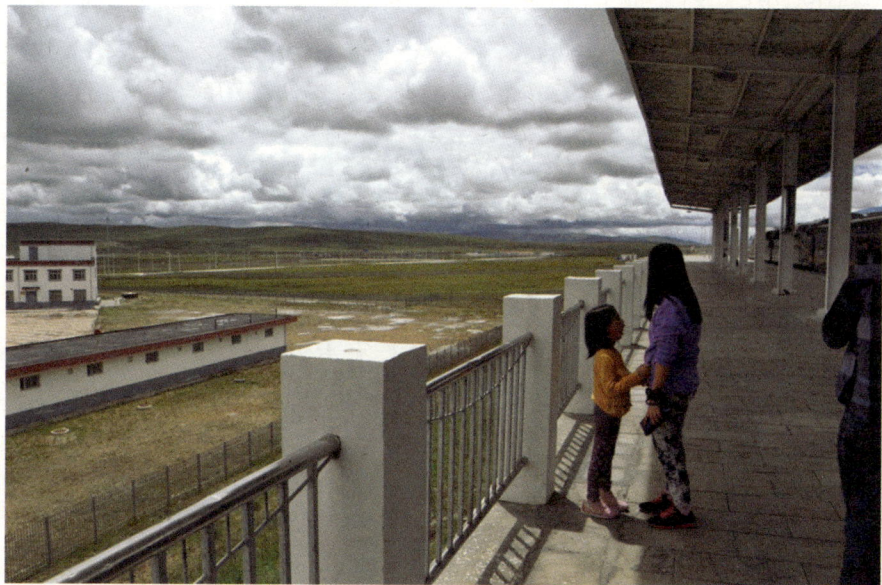

等，小乖有时对窗外的风景会感兴趣，但更多是喜欢玩，特别是和小伙伴一起玩。

火车接近拉萨了，小乖依然没啥反应，我感觉放松多了，但是看见拉萨上空乌云密布，心里一紧，又到了一年的雨季。

美丽的玛吉阿米传说

下午6点多到达拉萨，我们去仙足岛安顿下来。仙足岛的家庭旅馆环境不错，小别墅改装的，院子里种满了格桑花，别致而清新。房子涂成彩色，墙上贴了一些有图案的贴纸，矮脚床上放着各种抱枕，很温馨，小乖特别喜欢。听到客厅有个年纪较大的游客抱怨，一个人跑到拉萨来玩，一直没有买到回去的票，很着急。有经验的游客清楚，每年八月雪顿节，来拉萨之前要提早买好回去的票才安心。

放下行李已经8点多了，还没吃晚饭，我提议去八廓街吃传说中的玛吉阿米，已经有三天没有吃正餐了。打车到了八廓街附近，要徒步700米才能到，一家人行走在灯光昏暗的雨巷，寻找大餐。雨滴答地下个不停，还好妈妈带了雨伞，但是后悔没有给小乖买一双防水的徒步鞋，非常担心小乖的脚被淋湿。

仓央嘉措有首诗，"住进布达拉宫，我是雪域最大的王；流浪在拉萨街头，我是世间最美的情郎"。传说在大约300年前，一个月色如水的夜晚，星空如蓝幕，坐落在拉萨八廓街东南角的一家藏式酒馆来了位

神秘人物，看似普通，却是一个不寻常的人。恰巧这时一位月亮般纯美的少女也不期而至，她那美丽的容颜深深地印在了这位神秘人的心里和梦里。从此，他常常光顾这家酒馆，期待着与这位月亮姑娘的重逢。遗憾的是，这位月亮少女再也没有出现过。思念的痛苦点燃了他赋诗的激情，也带来了无数的灵感，他在这家小酒馆里留下了许多诗篇。

> 在那东方高高的山尖
> 每当升起那明月皎颜
> 玛吉阿米醉人的笑脸
> 会冉冉浮现在我心田

玛吉阿米的传说是美丽的，吸引了很多食客，已经晚上 9 点多，还有很多人在排队等吃饭。

玛吉阿米楼顶的平台是俯瞰八廓街的绝佳地点，八廓东街和八廓南街一览无余。雨还在继续下，昏黄又迷离，我们坐在当年仓央嘉措与玛吉阿米相遇的小酒馆里，是否恰恰就坐在他们当年坐过的那张桌子边呢？

吃完饭，外面还下着雨，我准备随便走走就回去，没想到小乖被路上精美的商品所吸引，于是只有陪着小乖一家家店逛过去。接下来坐了一辆三轮车回去，这是比较新奇的体验，小乖很高兴，之后经常要求坐三轮车。

回到旅馆，观察小乖，没一点高原反应，这印证了小孩适应力很强的观点，孩子妈也没有反应，我也没有，但是第二天却有了。

寄信的乐趣

8月21日

场景： 开满格桑花的家庭旅馆，早晨9点，阴雨。

今年的雨季八月才开始，拉萨已连续下了很多天雨。第二天我们睡到自然醒，一看外面的天空，阴沉沉的，飘着雨丝。家庭旅馆的院子里开满了格桑花，花朵在细雨中摇曳，色彩显得分外艳丽，非常上镜。

一家人走过格桑花，走出院子，走入雨巷，出门看到群山云雾缭绕，拉萨河水奔腾不息，而在这不远处的布达拉宫，是今天的目的地。

场景： 布达拉宫观景台，早晨，阴云。

司机停车的地方离药王山观景台很近，观景台上可以看见布达拉宫全景，是拍照的理想角度。已经有一些游客在上面拍照，我注意到有游客拿出50元人民币在对着布达拉宫拍，原来人民币50元上面的布达拉

宫图案正是在这个角度拍的。我们顿感兴奋，也找出张 50 元钱不停地用各种姿势合影。顺便把 5 元、10 元、100 元等面值的钱拿出来看一下，发现除了 20 元钱上的桂林，人民币上的景点大部分带孩子去过了，以前去景点时没想到拿着钞票拍一张纪念。孩子妈不失时机地给小乖讲解钞票上的景点。

场景：布达拉宫外。

拍完照后，我们跟着人流转布达拉宫。小乖模仿别人转转经筒，边转边玩。开始我们以为是用手摸转经筒让它转，后来才发现，藏民都是拨转经筒下面的小木块。过了龙王潭，天气放晴了，强烈的紫外线照射着人脸，提醒着我们这里是高原。

有个中年女藏民过来，问小乖要不要编个藏族彩辫，一问两元一根。彩辫看着很漂亮，小乖也很喜欢。布达拉宫的黄墙为背景，一身穿藏式服装的中年妇女给穿浅粉色上衣的小姑娘编辫子，感觉这画面相当的棒，很有艺术气息。

布达拉宫在不同角度都能拍出构图很有意思的画面，非常有气势，千年前的建筑，至今还这样迷人。这时不知从哪跑来一只鹿，小乖非常高兴，跑过去想悄悄摸一下，鹿也不怕人，只是不停走动，小乖不断尝试从各个角度接近这只鹿，

喜欢动物可能真是人类的天性，可是小乖却一直很怕狗。

快中午 1 点了，小乖开始嚷嚷着要吃东西，离开布达拉宫，我们开始寻找这一天的美食。

场景：拉萨邮政局，晴。

拉萨邮政局离布达拉宫很近，路过邮政局时，我想顺便给明信片盖好邮戳。拉萨邮政局有六个邮戳，挺多人在等着盖，都希望把到拉萨的喜悦邮寄给远方的朋友。小乖非常喜欢盖邮戳这个工作，在邮政局里占住一个角落，就开始盖。我带了几十张明信片，盖的时间较长，结果很多游客和小乖打招呼，"小妹妹，盖好给我盖呀"，"小妹妹，先借我盖一下，我就几张"。

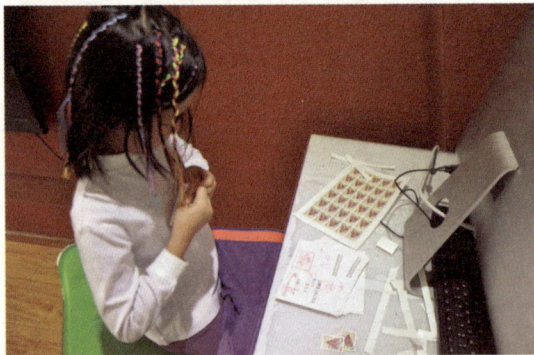

小乖盖邮戳那个认真呀，盖完了还要把每张明信片检查一遍，是不是漏了哪张没盖。我和小乖说，我们要给她的小伙伴们寄明信片，小乖听了很高兴。在班级 QQ 群发布了这个消息，得到家长们的热烈响应，很多家长留了地址。小乖妈负责抄地址，小乖负责签名，地位迅速上升成签阅级别了。

不知不觉到了 2 点多，明信片还有很多没写完，还是先去填肚子再说。走的时候我忘记带走单反，路上发现后狂奔回去找，幸好找到了，但是由于跑得太过剧烈，后面几天有了高原反应。

场景：雪域餐厅。

小乖看见三轮车就很高兴，强烈要求坐三轮车去吃饭，这个要求得到了满足。在三轮车上看风景是小乖的大爱，可能是因为三轮车空间开阔，没出租车那么闷吧。

享受美食是旅行的重要内容，昨天已尝过玛吉阿米，今天要试下雪域餐厅。小乖很爱上餐馆，每次去餐馆我们都让她点菜。小乖熟练地点菜，然后喊服务员，很有成就感。

场景：八廓街。

吃完饭，逛下八廓街，欣赏大昭寺外景，逛逛各类商店。小乖看见商店里各种五彩的东西就很开心，不停地逛，欣赏绿松石、链子、手镯、蜜蜡等，逛街这种体力活就留给小乖妈了，我坐在商场外面台阶上，看蓝天白云，看人来人往，看大昭寺门口五体投地朝拜的人们。他们在做着重复而单调的动作，反反复复，却那样虔诚，那样心无旁骛。

场景：平措。

拉萨有很多青年旅社，东措、平措、西措，后来几天碰上的一个驴友说，等他以后有了钱，就在拉萨开一个旅馆，取名就叫"一错再错"。我们散步去了平措，带小乖体验一下青年旅社的风情。

小乖妈说坐在平措的小院里面发发呆也挺好。拉萨是座阳光城，九点才天黑，是座适合发呆的城市。时间慢慢流淌，一天的日子这样悠长。

我在平措的小黑板上找去珠峰的拼车信息，也打听了一下去纳木错的行情，渐渐形成下一步的行程计划。

场景：拉萨邮政局。

上午拍的是阴天中的布达拉宫，下午太阳很好，小乖妈一直希望拍些光线漂亮的全家福，于是我们又跑来拍阳光中的布达拉宫。

今天寄明信片的任务还没有完成，拍完照，我们继续去拉萨邮政局，当小乖把一张张明信片扔进邮筒时，显得特别开心，总算自己完成了一件事情。小乖的班级家长群反应也是很热烈，看来寄明信片的活还是很受欢迎的。有的家长说，自己的小孩很盼望收封信，在科技时代，收到纸质的信，似乎成了久远的故事，渐渐忘记从前那种收信的感动。

场景：宗莲藏素。

晚餐依然要吃正餐，宗莲藏素这家餐馆号称是离佛最近的素食餐馆，装修不错，菜极对胃口，这是我们吃过的第一家用 iPad 点菜的餐馆，可喜的是菜的价格"平易近人"，点了七个菜，才 133 元，吃着吃着就发现点多了，撑得差点走不动路。小乖吃着笑着，乐得像花一样，好久没有这样暴吃了。

场景：布达拉宫。

吃完饭，想到布达拉宫的灯光夜景也很不错，赶紧过去再次狂拍一通，拍完，布达拉宫也就熄灯了，心情大爽，这一天过得实在是太完美了，想要什么有什么。第二天开始，就要直奔远方的珠峰了。

找车的烦恼

8 月 22 日

场景：去日喀则的火车上。

来之前得知拉日铁路开通了，我在手机上抢到了票。坐火车到日喀则只要三个小时，比坐汽车时间短且安全。车窗外是苍茫的后藏，壮丽辽阔。对面坐着一位藏族妇女，告诉我们她刚从北京回来，看望了正在读大学的儿子，还去了五台山，说着说着还拿出手机给我们看相片。我们感叹，我们来西藏玩，藏民去内地玩，大家都很愉快，旅行真是从自己活腻的地方去别人活腻的地方。

场景：日喀则火车站外。

下了火车，小乖说有点不舒服，不知是什么原因，或许是轻微的高原反应。出了日喀则火车站，由于火车站刚开通不久，到市内的接驳交

通还不完善，只有几辆公交车，转眼就被旅客挤满了，留下一大批旅客继续等车找车。

根据经验，我计划到了日喀则，马上找公交车去定日，在定日住一晚，找上珠峰的车，这样可能会最省钱，没想到小乖到了日喀则就不舒服了，于是马上改变计划，用手机订了一间"7天连锁酒店"，先在日喀则住一晚再说。第二天才明白，最初计划是有问题的，现在的情况和2012年我去珠峰的时候已经完全不同了，还好没有直接跑去定日。

路边没有一棵树，晒得不行，小乖又不舒服，只有焦急地找车，大部分的私家车都被游客包走了。我看到一台拖拉机停在路上，因为自己有搭拖拉机的经验，一阵窃喜，走过去刚要问，边上有几个旅客马上抢着话头说"这辆车我们包了"，真叫人崩溃。

好不容易盼来一辆出租车，价都没有还，走。

场景：日喀则7天连锁酒店。

日喀则和两年前相比变化挺大，到了酒店安顿下来，问孩子感觉如何，小乖说现在感觉好多了，总算放下心来。接下来要面对吃午饭的问题，孩子说还是先洗个澡吧，四五天没洗了，小乖应当忍到了极限。浴室的水龙头不配合，坏的，只有换个房间，改为先出去吃饭游览一下再回来洗。

场景：喜格孜步行街登巴青年旅舍。

到了喜格孜步行街，一边找吃的，一边打听去珠峰的事。又回到登巴青年旅舍，两年前从珠峰回来我就住在这里，这里有拼车去珠峰的信息。

登巴青年旅舍对面是一家藏餐馆，注意到里面有藏民在吃饭，我们就定了在这家吃，试一下藏餐。小乖又点了酥油茶，这已经成了小孩的必点美食了，有趣的是，这里喝酥油茶的杯子是分男女的，男的用大杯，女的用小杯，似乎这样一下子喝酥油茶也变得有情调了。

吃完饭，我让小乖和妈妈去逛扎什伦布寺，我负责找车。登巴里有

不少驴友在闲谈，他们说汽车客运站搬到新区去了，离这儿很远，看来坐公交车不是很方便，为了少受路途之苦，还是找人拼车去。

这边已有几个驴友在拼车去珠峰，还差两个人。老板说一辆越野车连司机只能坐 5 人。由于我们是一家三口，小乖算不算一个人，大家都搞不清。后来驴友说又拉到人拼车，凑够了人数，我只有找别的车去。

跑到喜孜青年旅舍，店员说可帮助包车，正好有辆车是一人缺七人，看来也无法确定。暴走了半圈日喀则，我继续寻找是否还有别的青年旅舍可包车，但是没什么结果。

回到登巴，老板说刚才定的那辆越野车，有两个人迟迟不交定金，如果我先交了定金就算我去，我请老板先搞清楚小乖算不算钱再定。等了许久，那边司机说小乖可以不算一个人，但要早上 4 点出发。我马上打电话找小乖妈商量是否可以这么早走，但是连打七八个电话都打不通，我大为恐慌，在这里人要走丢了就麻烦了。后来手机接通了，原来是在寺里无信号。

想起当初爬泰山时是凌晨 1 点起床的，4 点起来也应当行的，我下了定金。晚餐换了家藏餐馆试试，餐馆里苍蝇很多，边吃饭边赶苍蝇，服务员拿了个蜡烛来点，说是可以驱苍蝇。

珠峰上推车

8 月 23 日

场景：日喀则街头。

凌晨 4 点，司机很准时地打来电话，要我们准备一下。我收拾好行李拿到楼下，司机却怎么也打不开后车厢门，只有从前面车门将行李放进去，心里暗想，这啥破车。

清晨天气很冷，还下着沥沥小雨，小孩眼睛还在打架，就被拉上了越野车。车又开到登巴，接上另三位驴友。有两个穿着租来的军大衣，在车上大家都是睡眼蒙眬的。

场景：在路上。

漆黑的凌晨在荒无人烟的后藏行车，有点让人担心，汽车在会车时，会自觉关闭远光灯。我请司机在 318 国道的 5 000 公里处停一下，停车拍个照纪念一下。小乖从迷糊中醒来，见我们大人冲下去拍照，也要求下去和里程碑合影，亮一亮她的剪刀手。

路过一个检查站时，突然下起了冰雹，这是娘俩第一次见到冰雹，小乖感觉很新奇，看着一个个白点敲打着车窗玻璃，要求下车去摸一摸冰雹。车灯照亮的路面上，已经看到有一层白色的冰雪，小乖用手在空中接着冰雹，兴奋不已。

离定日还有几十公里，正在修路，看着翻得稀烂的路，心想，这也只有越野车能过了。小乖突然说难受，肚子疼，我吓了一跳，也不知是什么原因造成的。司机停了车，让孩子下来透透气，小乖妈抱着小乖，用眼瞪我，估计是气愤我带孩子跑这么远来，万一小乖有点事，非骂死我不可。小乖在路边休息了会，好转了一些，想想可能是因为早上太早起，没有吃饭，车子太颠簸，这破路面把小乖肠胃颠疼了。

场景：到白坝。

司机说离定日只有几十公里了，坚持一下，到定日就休息。这前不着村后不着店的旷野也只能这样了，我们只有鼓励小乖继续坚持。汽车到白坝，我们早饭和午饭一起吃了，饭后小乖说好了，又蹦蹦跳跳起来，我们这才放心。

看到餐厅墙上通知，珠峰买门票的地点改到前面 70 公里处的岗嘎，还好不是自己坐公交过来，要不真找不到北了。从岗嘎走，意味着不用翻加拉乌山，不用过珠峰那九十九道弯了。西藏的路年年都要修，年年路况都不同，还是包车方便。

场景：岗嘎珠峰门票售票处。

从白坝出发不久就到了边防站安检，边防站的战士看见小乖很惊奇，估计很少有小孩来这里。这一路风景相当壮丽，蓝天白云，远山青草，一切都显得那么的纯净，马路上不时会出现占道的牛群和羊群，慢悠悠地走着，小乖看到这么多动物，非常兴奋，对着它们大喊："喂！"

到了珠峰门票点，风景更是壮丽，珠峰等雪山在远方一字排开，雪山、蓝天、白云、天路、旷野，随手一拍，就是好风景，让人拍照的欲望特别强烈，我们各种造型狂拍了一通，小乖依然是我们的御用摄影师，拍照水平渐长，父母的像能保持在画面中间，不会被切掉头和脚了。

场景：漫漫珠峰路。

汽车离开国道，驶上开往珠峰的山中土路，在这苍茫的群山之中，汽车是我们唯一可以依靠的方舟。

各种土路、烂路、水路、石路，我们都经历了，人基本晃散架了。我估计其他驴友没有这种经历，就把司机边上的位置留给他们，自觉坐后面。车子开着开着，我们已经不知自己在哪了，只知道是在群山之间转悠。司机打电话给他的同行，听说有条近路比较好走，也不知是同行说错了路，还是司机听错了，反正路是越走越差，一路翻山越岭，没有尽头，更无人烟，感觉像迷了路。

经过一个大坡，司机说车子马力不够，冲不上去，又倒了回来，怎么办？我们这些壮劳力只有下车去推车。用力推车时就在想，这样干体

力活，会不会有高原反应呀？果然，后来反应挺大的。

　　一路的天是那样的蓝，透蓝透蓝的，白云就在头顶，伸手可及，寸草不生的山上可以清晰地看到云彩的影子。更奇妙的是，我们居然见到了七彩祥云，据说见到这样的云彩是个好兆头，心情非常激动。

　　中途停车拍照是必须做的"作业"，在山中行走，迷人的风景让人忘却身体的不适，拍照拍照再拍照，想把眼睛看到的都变成永恒的瞬间。小乖学过舞蹈课，只要心情好，总能摆出各种各样的造型，出乎我们的意料，在青稞中，在蓝天下总能拍出让人满意的相片。

　　随着海拔的上升，我并没见到孩子有什么特别反应，放了点儿心。路上见到一支外国人骑行队伍，有序地列队行进，骑行珠峰算是骑行者的梦想，他们脸上一副很兴奋的神情。两年前我独自骑行珠峰时，累得像死狗一样，那时总在想，这样的行动搞一次就够了，现在见到志同道合的人，心底的火焰又升腾了起来。

　　场景：临近珠峰。

　　过了扎西宗，在路边停车拍照时，司机接到帐篷营地打来的电话，说是珠峰全从云彩中出来了，叫大家马上上车。山路转弯处，我们远远看见了珠峰，历历在目，没有一丝云彩，庄严肃穆。

　　快到珠峰大本营时，司机停了车，说边上一个大坡是拍摄珠峰的最佳位置。我们爬了上去，试验了各种姿势拍照。高原反应的症状开始出现了，喘得不行，感到明显的头痛、眼睛痛、胸闷，走路特别累，只能慢慢行走，避免更严重的情况发生。幸好有骑车的底子，还能顶住。这

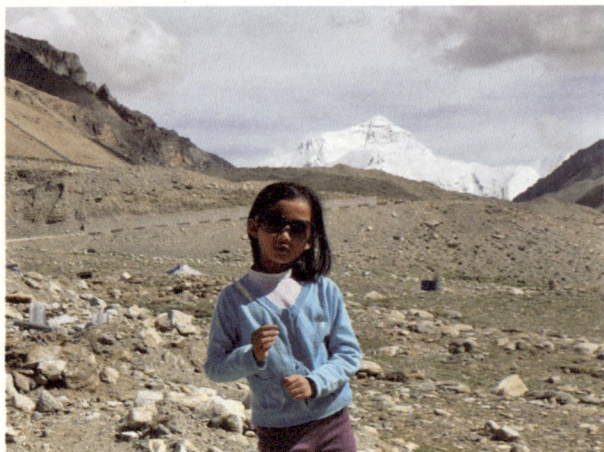

一路小乖妈又坐车又抱孩子，连坐了十多个小时的车，精力还很好，也没看到有什么高原反应现象，女人的适应能力比男人还是强点。

到了绒布寺，司机问我们要不要停车看下，大家说继续开，前面就是珠峰大本营。

在珠峰大本营

8月23日

场景： 珠峰大本营，下午6点。

下午6点左右，到达珠峰大本营，从车上卸下行李时还觉得头痛、眼睛胀、气喘，小乖也感觉有点不适，想吐。大家只顾着休息，无心拍照。大本营处在一个山谷中，周边没有任何绿色，氧气含量应当更低。

司机提醒我们要抓紧时间坐电瓶车去四公里外的珠峰观景台，7点

就不发车了。大家在帐篷里休息完，赶紧出发了。路上我就觉得胸闷，拉萨第一天真不应当跑步，今天半路还推车，现在不适应高原了。

电瓶车把我们拉到临近 5 200 米珠峰石碑前面，我只是走过去拍照，都喘得不行，头痛、眼睛胀痛、胸闷、气喘，只能慢慢走。拍完照，还要去爬几十米外的土坡，那里是离珠峰最近的观景台，虽然不高，但坡很陡，风很大，真是举步维艰。

场景：珠峰大本营帐篷旅馆。

回去等车时，顺便上了个厕所，上面有很多驴友题字，"终于到了世界上海拔最高的厕所"。等车的地方风很大，娘俩的嘴唇都是紫的，当然我的也是。人被风吹得实在受不了，我见到不远处有部队的帐篷营房，走过去发现里面是空的，就喊大家进去躲风。一进帐篷，小乖感到舒服了，马上变精神了，自夸我们还是很聪明的，知道跑这里躲着。

我们坐上最后一班电瓶车回帐篷营地，车上有旅客大口地吸氧，表情很是难受。帐篷营地和观景台的海拔只差 200 米，但是感觉完全不同，回到帐篷营地时，头痛马上缓解，小乖也似乎变得轻松自在很多。

晚上珠峰的星空很壮观，可是大家因为高原反应，兴趣不高。我头痛得不行，眼睛也难受，感觉动一动都会加重，只好躺在床上休息。小乖兴致倒是挺高的，拿着 iPad 看"中国好声音"。对比一下，这次我的高原反应最严重，眼睛痛得差点瞪出来，头痛得睡不着，娘俩反而比我强。

两年前我骑车来珠峰，在大本营活蹦乱跳，到处走还可以跑，这次来走走路都头痛，真是区别太大了。游客们都早早地躺在床上休息，我也慢慢地进入梦乡，可是头痛得难以入睡，快到天亮时，干脆瞪着眼睛。后来小乖妈说晚上没太敢睡，经常醒来，检查一下我们还有没有呼吸。

坐了16个小时的越野车

8月24日

场景：珠峰大本营邮局。

早上起来，说好要看珠峰日出的，但大家没什么精神，我跑到珠峰大本营邮局给明信片盖章，作为纪念品。工作人员见我拿着厚厚一叠明信片来盖印，二话不说，以迅雷不及掩耳之势一下全盖好了，太专业了。司机说在这里十多天才有车上来收一次明信片，都不知何时能到。

由于高原反应实在不舒服，大家一致同意，早点下山回日喀则。

场景：珠峰下山路上。

司机选择了另一条路下山，这条路明显比来时的好多了，看着像是条路，背后偶尔有车超过，对面也有车过来。路上有辆私家车出了故障，停在路边，司机说从日喀则过来拖车要 5 000 元。在这个荒凉的地方坏车，真是不可想象，要是手机没电或没信号，更是只有绝望了。

汽车围着山腰盘旋前进，海拔高度在不断下降中，头痛得到了缓解，舒服多了。喜马拉雅山脉壮丽而深邃，天空透蓝，阳光猛烈，山体似乎反映出一丝阳光的金色。我们在一个半山腰停车驻足，回望这苍茫而寂寥的群山，感受大自然的神奇和伟大，人类的渺小。

我上山前买了一瓶氧气瓶，在珠峰大本营一直没用，但下山小乖却说要吸吸，或许是我们言语误导了，怕浪费，真是有点好笑，海拔高时不用吸，海拔低时反而吸了。

过拉孜检查站时，我们下车步行了一公里再上车。走在辽阔的天地间，徒步在通向白云的天路上，仿佛忘记自我的存在，感受到心底的触动，感觉想大声呼喊，我们是自然之子，这天地让我们敬畏而感动。

很幸运，在回程路上碰到了大片大片的油菜花，本计划是去青海湖拍油菜花的，在这里实现了小乖妈的愿望。西藏有雪山、湖泊、草原、油菜花、荒漠、林海各种风景，一天有春夏秋冬四季，一个地方就能有种种旅行的体验。

天色将晚，孩子妈提醒我们回头看，高原的黄昏真是震撼，太阳从乌云中射出耀眼的金光，照亮了后面的天路，金碧辉煌。

场景： 回拉萨路上。

25 日就是雪顿节。路上和司机闲聊中得知，司机的车可以直接回拉萨。有个驴友说日喀则没什么可玩的，不如接着包这辆车直接回拉萨过雪顿节。大家意见又一致了。从早上九点半到第二天凌晨两点，这是我们坐过的最漫长的汽车旅程。

到日喀则收拾了行李，司机要赶时间，不让吃晚饭，只能到路上买点吃的。小乖在车上可怜巴巴地说想吃饭。关于吃正餐的话题小乖说了多次，我们说再坚持一晚上，明天就可以吃大餐了。路上问小乖对风景感觉如何，小乖不时说想回拉萨吃正餐。这一路把孩子饿得不行，她给自己命名为小吃货，经常提醒我们她是个小吃货。这么多天的赶路，风餐露宿，小乖体验了饥肠辘辘的感觉，回家后吃饭也不用催了。

开了这么多小时车，真是有点担心司机，大家说轮流睡会，醒了就和司机聊聊天。经过尼木时，司机指给我们看前些天旅游大巴车翻车的地点，真有点心惊肉跳，还好现在这一路限速。到了曲水，司机转上高速公路，一路狂奔，凌晨两点，我们回到了拉萨。

休闲的一天

8月25日

回到拉萨，生活又切换成了慢的节奏，带孩子出去，尽量要慢，尽量保持平时的生活状态，跟团旅行可能达不到这效果。

场景：拉萨仙足岛。

旅馆里有只小猫，小乖大爱，总想和小猫玩，跟我们说，就住这家旅馆吧，有猫可以玩。还说家里能否养只猫，我们说谁给猫洗澡，谁哄猫睡觉，谁照顾猫的生活，我们是照顾你还是照顾它，小乖不敢吱声了。

旅馆老板可以代包车去纳木错，价格比外面便宜。这一天就慢慢逛，来时计划重点是看山看湖，山和湖标志性的就珠峰和纳木错，其他随缘。

场景：罗布林卡。

我们打车到罗布林卡看藏戏，这里人山人海的，我们决定不进去看人头了，在罗布林卡的美食广场吃点好吃的更对小吃货胃口。

公园里外到处坐着三三两两的藏民，这是藏民的风俗，雪顿节全家要出来到草地上休息野餐。小吃货在美食广场上尽情地享受，总算得到了满足。

场景：文成公主实景剧。

拉萨满大街都是文成公主实景剧的宣传，在旅行社服务点了解到今

天实景剧还加了雪顿节开幕式表演，小乖妈说去看看这个演出。

　　文成公主实景剧是国内海拔最高、规模最大、舞台场面最壮观的实景剧，演出剧场在大山坡上，在坡顶回望整个拉萨市区，非常壮观。剧场的位置居然大部分是露天的，进去就发雨衣。想想演出要到 11 点，就跑去租军大衣，穿上果然温暖如春。

　　文成公主实景剧以星空为幕，以山川为景，气势恢宏，参加演出的演员估计有六七百人，演出时长 90 分钟，分"大唐之韵""天地梵音""藏舞大美""高原之神""藏汉和美"五幕，再现了文成公主历经艰险的漫漫征途和曲折起伏的心路历程，演绎出大唐盛世的爱情传奇，传唱了汉藏和美的动人史诗。

　　"天下没有远方，人间都是故乡……"，在这美妙的歌声中，演出开始了，小乖妈不失时机给孩子讲了很多文成公主的故事。松赞干布是藏族历史上的英雄，他统一藏区，建立了吐蕃王朝。唐贞观年间，他派使臣到长安向唐朝请婚，当时突厥、波斯、霍尔、格萨等势力也都派出使者前往长安求婚。唐朝皇帝同大臣们商量，出了几个难题来考这些使者。最后出了一道难题：谁能在 500 个穿着打扮一模一样的姑娘中认出

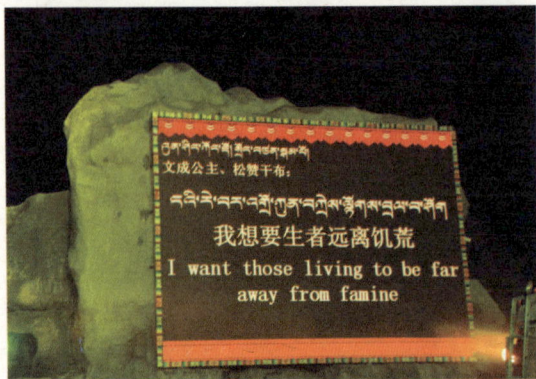

文成公主、松赞干布：

我想要生者远离饥荒
I want those living to be far
away from famine

公主？其他使者都认错了。藏王使者从一个老妇那里得知公主从小爱擦一种香水，经常引着蜜蜂在头上飞。藏王使者根据这一指点，从 500 个姑娘中认出了公主。皇帝非常高兴，同意将公主许配给藏王。

文成公主在漫漫路途中行走，身心疲惫，唱着："走不到的地方叫远方，回不去的地方是故乡。"继续往前走，需要更大的勇气和更多的坚持，又唱道："天下没有远方，人间都是故乡"。走到了西藏，走进了高原，见到了松赞干布，情感升华，继而唱道："人间都是故乡，相爱就是天堂……"

松赞干布唱的那一段梦想深深打动了我，"我想要生者远离饥荒，我想要贫者远离忧伤，我想要老者远离衰老，我想要逝者从容安详"。

八月的飞雪

8 月 26 日

场景：布宫前的白塔。

今天去纳木错。按约定我们 6 点半到布达拉宫前的白塔集合。可怜的小家伙，一早被叫起，然后在白塔边的地摊前吃早饭，这旅行真是让孩子受苦了，更糟糕的是我们忘记带午餐了。

场景：纳木错路上。

由于汽车限速 40 公里/时，去纳木错要开 6 个小时，司机当然受不了这么慢的速度开车，他按正常速度开车，然后不时在路上停车点休息

半小时左右。

路上的风光依然是那样的壮丽，刚进入纳木错国家公园时，碰到了下大雪，周边的山一下子全变成了雪山。平生第一次在八月份看到下大雪，旅客们忘记了旅行的劳累，强烈要求停车拍照。身处在壮丽的雪山中间，心情是无法形容的，小乖妈要拍"海阔凭鱼跃，天高任鸟飞"的相片，在雪山上凌空蹦起，要我抓拍，也不怕跳得产生高原反应了。小孩高兴得在雪地里玩雪，实现了堆雪人的小小愿望。

场景：纳木错。

雪山远处可以看到一条湛蓝的线条，那就是纳木错，我们这边下大雪，它那边却晴空万里，看来今天运气真不错。下了山坡，是大片平原，司机沿着湖边飞快地前行。路上的风景更加壮美了，一边是连绵不断的念青唐古拉雪山，一边是一望无际的藏北草原，路上不时出现迎风飘扬的五彩经幡，还有一群群雪白的绵羊点缀在山坡上，远方纳木错湖面上泛起的点点星光，美得如此震撼。妈妈不失时机地在车上讲起了西藏古老的神话，念青唐古拉山和纳木错不仅是西藏最引人注目的神山圣湖，而且是生死相依的恋人。纳木错是念青唐古拉山神的明妃，他们彼此相依已有七千万年。小孩听了觉得很惊奇。

在西藏，很多色彩美得让人心醉，天的透蓝，山的洁白，湖的多彩，没有一丝人为的痕迹。还有那种空旷辽阔，带给住在城市丛林的人们前所未有的视觉冲击。

纳木错是世界上海拔最高的咸水湖，湖面海拔 4 718 米。传说纳木错的水源是天宫御厨里的琼浆玉液，是天宫女神的一面绝妙的宝镜。站在湖边，整个灵魂都仿佛被纯净的湖水所洗涤。头顶深邃的蓝天与纯净的湖水浑然一体，湖面像大海一样，由近而远展开各种蓝色，淡蓝、浅蓝、灰蓝、宝蓝、深蓝，这由浅到深的蓝色，蓝得清澈，蓝得迷人，蓝得让人心碎。

　　我们和牦牛拍完照，坐在湖边，玩着扔石头打水花的游戏。小乖直喊饿，路上买了一桶方便面给她。小乖之前在火车上很爱吃方便面，还把方便面当饼干直接吃，后来好像不再提方便面的事，喜欢正餐了。

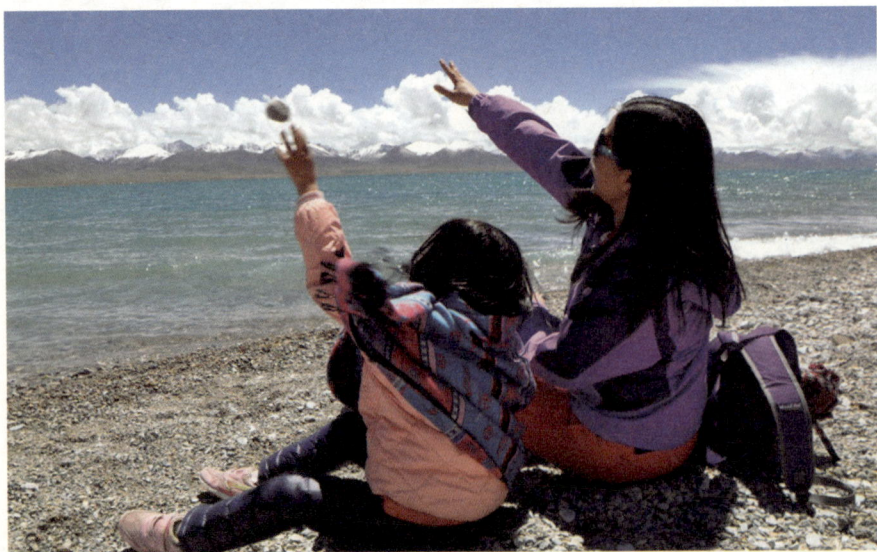

场景：回拉萨路上。

回来的路上，小乖不停地说要吃东西，还想象自己的手是食物，也可以吃，外面的风景也是一种食物，可以吃。只好哄着："快到了快到了，马上就有吃的了。"晚上九点回到拉萨，冲到餐馆饱餐一顿，之后小乖一直笑个不停，饿一天后，这笑点明显降低了很多。

155个小时

8月27日

这一天的主题就一个，吃。这么多天在路上奔波，小乖对吃饭的观念变化很大，完全不需要劝吃饭了。小乖的理想之一是当服务员，中午在吃自助餐时，不要我们动手，她去把菜一个个端过来伺候我们，这也可以当成是服务员的实习吧。

饭后我们继续去寄明信片，娘俩对这事充满了热情，小乖妈打开班级QQ群抄写着一个个家长的地址，小乖认真地在每张明信片上签名盖章，格外勤劳。一旦寄开了，就觉得这个也要寄那个也要寄，爷爷、奶奶、叔叔、婶婶、堂弟、姥爷、姥姥、舅舅、舅妈、表姐等，一个都不能少。明信片不够了，我们给小乖钱，让她自己到柜台前买，小乖很认真地挑着明信片，在明信片后面特地写上，这是什么风景，你们看到喜欢吗？

8月28日回家

在回广州的火车上，我统计了小乖坐车的时间，广州到拉萨55小时，拉萨到日喀则3小时，日喀则到珠峰14小时，珠峰到拉萨16小时，拉萨到纳木错来回12小时，拉萨到广州55小时，小乖这次旅行一共坐了155小时的车。

父母是孩子的第一任老师，家庭教育是基于爱的、志愿的、无私的教育，家庭教育是个性化、生活化的教育，孩子的生活习惯、情感养成、学习兴趣的培养和父母有很大关系。

　　父母应当尽量争取成为孩子最好的老师，和孩子共同经历一些事，这中间会有感动，会有汗水，会有泪水，会产生很多说不尽的故事。生命是一种体验，生命需要经历，以后再讲道理时，故事的主角不再是虚拟的，而是发生在父母与孩子身上的故事，这些故事中包含的道理会是送给孩子成长的最好礼物。

附录一 骑行生存建议

生存，有三要素，生存意识、生存技能、生存装备。

一、路上可能存在的生存问题

（一）第一类 交通意外

1. 大货车

从成都出来，在 318 国道上会碰到大量密集的大货车，这种情况要过了折多山才会好转。路上的大货车很多都刹车刹得直冒烟，从身边经过，可以感受到那股热浪。

国道上没有专门的自行车道，和大货车抢道是不可避免的，大货车经常贴身而过，如果司机操作不慎，如方向盘操作失误，就会撞到骑车人，这再小心也没有用，只能靠运气。

大货车贴近身边开过时，一定要镇定，掌握好车把，稳住方向，别吓一跳，方向打偏跑车轮下面了，最好在大货车要经过身边时，停车，让它先过。

一前一后两辆大货车要相会时，自行车如果正在两车中间，这是非常危险的，要停下来把车移出路边。

大货车可能会压起路边的飞石，没事不要跟着大货车骑。

一句话，尽可能远离大货车。

2. 弯道

在下坡时，碰到转弯处，一定要慢，因为有可能会有大货车来，大货车占路面积大，不小心就会迎头撞上。

见过很多次小汽车在转弯处借着弯道超车，如果骑快了，就直接撞上，无路可躲，所以下坡碰到急转弯处，一定要慢，要等没车时再骑。

3. 路面安全

川藏线上会遇到各种路况，如弹坑路、雨路、悬崖路、沙石路、河路。这些在上坡和平路时问题不太大，只是影响骑车速度，但是在高速下坡时就比较危险，容易导致摔车。如果是在悬崖边骑车，碰到烂路，尽量骑慢点，靠山体这边骑，摔车可不是好玩的，川藏线上医疗条件有限。

4. 下坡超速

一路的高山，一路的超长下坡，有时是不知不觉车速变得非常快。下坡一定要提醒自己慢点，骑一阵最好停下来休息一下，看一会儿风景。

5. 睡眠不足疲劳驾驶

晚上早点睡，白天有机会要养养神，睡一会，睡够了才不容易出现判断上的问题。

（二）第二类　自然因素

自然灾害属于不可抗力。要多观察。

1. 落石

被落石砸中的概率不高，但是因为经常靠着山体骑车，还是要注意一下。

2. 泥石流塌方

这会影响行程，修路是不方便骑车的。

3. 暴雨

高原上的雨很冷，淋湿了容易导致感冒，高原感冒比较危险。

4. 风吹

碰到逆风，骑车是很累的，路上被风吹久了也容易感冒，要注意防风。

5. 酷热严寒

骑车有时会一天体验到四季，热了防中暑，冷了防冻僵，要及时换衣服，防止生病。

（三）第三类　公共卫生

1. 高原反应

慢慢骑车上山，只要体力不透支，一般不会有高原反应。保证睡眠、保持体力是应对高原反应的好办法，如果爬山太累，可以带点葡萄糖口服液，补充体力。

2. 食物

有些小餐馆卫生条件不好，那就多吃饭，少吃菜。路上要多带半天的干粮。

3. 感冒

感冒药要带上一些。在川藏骑车，风吹雨淋的，到餐馆或住宿的地方，有条件就用电吹风吹下自己，这样可预防感冒。

4. 中暑

带点盐，加一点点在水里。出很多汗后，小口地喝，补盐。

5. 生水

路边的水再清澈都不要喝，提防腹泻。

6. 住宿

住宿的卫生条件一般都不太好，睡时穿点外套保护一下。

（四）第四类　骑行安全

1. 刹车

刹车皮要带够，不要指望路上找别人借。刹车要多检查，过了烂路后要洗车。

2. 追尾

队友之间要保持距离，在下坡时更要拉开距离。

3. 并行

不要在马路上并排骑行。

4. 夜路

有时被迫要走夜路，记得带上手电筒和车尾灯，因为过隧道时没车尾灯是很危险的。

5. 骑行的姿势

要注意正确的骑车姿势，骑车姿势不对会造成肌肉拉伤。

二、要合理组队

大部分骑行川藏线的队伍是临时组织的，最好互相签免责协议书，但是一旦组了队，队员之间就有互相照顾的义务。骑车到拉萨，每个人的动机不同，不同的动机影响组队和骑行。要选择合适的骑车组队，骑行者的类型很多，主要有：

（1）纯骑行爱好者。这类车友身体素质好，骑得都比较快，骑车比休闲旅游更重要。如果自己体力跟不上，不要去追，分队骑吧，请他帮忙报告一下前面的路况。

（2）一般骑行爱好者。经常在本地骑车，骑车到拉萨属于这类发烧友认为不得不去完成的一件任务，他们一般准备比较充分，经验也丰富，在一起较安全。

（3）假期旅行者。有比较多的时间，边骑边拍照边玩，这类车友很可能是边走边组队，不赶时间，在一起较安全。

（4）冲动型的旅行者。装备简单，准备工作不足，遇到这类车友要注意提醒一下。

每个人的体能是不一样的，要按自己的节奏骑，不要勉强去追别人，找和自己体能相近的车友一起骑，有伴一起骑，会省力一点。

如果队伍很多人的话，分成快队和慢队前进，快队先去订房间，把修车装备留给慢队，快队万一出现爆胎等问题，等慢队过来就行了。

如果要一起前进，骑得快的队友尽量骑最后压阵。最前面的队员控制速度。下坡时大家保持 30 米以上的距离，这样做是防止一个摔车，后面全摔的结局。

去西藏之前，多训练一下骑行水平和多训练一下爬坡能力是有必要的。每天要保证睡眠，睡够了第二天才有力气骑。

三、要具备一定的生存知识

（1）尽量多保护身体，不要拿身体对抗大自然，避免落下病根。比如身体很热时不要去洗冷水澡。

（2）要懂一点急救知识，如止血、伤口处理、中暑的预防等。

（3）要有一些卫生常识，如哪些东西能吃，哪些东西不能吃，有的小餐馆没有冰箱，吃的时候更要注意饮食卫生。

（4）骑行情况的处理，下坡、转弯、在雨中、在泥泞路面上如何骑行，都要有个思想准备，要学会应急处理各种情况。

四、携带必要的生存装备

装备是保证生命安全的必要条件之一，据我路上观察，很多人的装备过于简单，一些必要的装备都没有带，如刹车皮、车尾灯等。

要选一辆可靠的山地车，车老出问题，很影响骑行。不要迷信那些骑破车走川藏的强人，毕竟那是极个别的，大部分人还是老老实实选辆结实可靠的山地车。

和安全有关的钱尽量不要省，一旦出现安全问题，花的钱只会更多。

（1）头盔。这个是必备的装备，重要性不必多提了，即使嫌热，下坡时也一定要戴上它。

（2）手套。我们的手握车把要握20多天，车把是钢铁的，没个手套保护受不了，选个带弹性软垫的骑行手套吧，保护自己的手。

（3）眼镜。骑行眼镜或是墨镜要有一副。骑行眼镜可以全面保护眼睛，可以防灰，防紫外线，防止飞虫进入眼睛。

（4）头巾。有了头巾，防尘、防晒、防风，防什么都行，不带头巾，等着脸上脱皮吧，多带几条没坏处。脸上尽量天天戴上头巾吧，不然，晒得很黑，晒得脱皮，除了增加吹水的资本之外，没有什么益处。

（5）骑行裤或长途座包。如果车座硬，就要有一条骑行裤，这样一路可以保护屁股，少受罪。换个长途座包也是很好的选择。毕竟要坐20多天，这个不能省。

（6）雨衣。雨季骑川藏线，没雨衣基本玩完，骑车不是行步，雨衣比冲锋衣管用，特别下坡风大时，穿上雨衣，一点不怕风吹，舒服呀。

（7）车灯。车尾灯还是带上几个吧，夜骑的时候是很需要的，过隧道时更需要，过隧道时大货车司机看不见的后果是相当严重的。

（8）修车工具。打气筒和补胎工具随身带着，指望路上找别人借是不可靠的。

（9）攻略。基本攻略随身带一份或是存在手机里。路上的每个人基本都是第一次骑川藏线，每天大约骑多少公里，大约经过什么地方，估计自己什么时间能到住的地方，这些全要记下来的。

（10）护膝。膝盖长期被风吹的后果是比较严重的，路上是买不到护膝的。要保护膝盖，出发前买一副好点的护膝。

（11）货架。过恶劣路面时，注意货架别震断了。如果货架断了，行程很可能就结束了。

（12）保鲜袋。这东西可能不环保，但是管用，可以防雨、保护脚，但是用完不要乱扔。

（13）口哨。车队成队列行进时，用口哨来指挥和提醒队伍，是很有效的。

（14）葡萄糖、维生素泡腾片、甘油。这三样东西在高原上是很需要的。

（15）电吹风。吹干衣物、吹干身体、预防感冒，是很好的工具，一定要带上。

（16）速干衣。这是一定要穿的，出了汗也不用太担心。

附录二　小诗二首

在路上

独自骑行时
在无尽的公路上
在亘古的荒野里
常常渴望碰到人
或是活的东西

高原的群山
寸草不生，寂静如斯
此时，每一个生命都是传奇
每一个生命都是伟大的故事

茫茫人海，尘劳关锁
我们常常忽略或是忘记
生命本身就是天之骄子
没有什么比生命更有价值

流星掠过夜空
唯有生命可以感动

和风吹抚大地
唯有生命可以呼吸
澎湃的血液，沉重的喘息
还有什么比这更有生机

朝圣之路

总有一条路
可以让灵魂朝圣
总有一个方向
可以将生命点燃
我们是谁
我们从哪里来
我们到哪里去
我若沉思，它便闪现
我若遥望，它便蔓延

莽莽昆仑，谁与我共
大漠孤烟，箫声幽咽
身未动，心已远
我若远征，可有星光相伴
我若祈盼，可否再遇圣贤

千年华夏，薪火相传
大地浮沉，沧海桑田
魂归兮，圣人故里
风霜雪雨，饮尽人间冷暖
铁血丹心，跨越万山之巅

图书在版编目（CIP）数据

行走世界之巅：梦想与征途的五堂课 / 刘冰著. —广州：暨南大学出版社，2015.8
ISBN 978 – 7 – 5668 – 1528 – 6

Ⅰ. ①行…　Ⅱ. ①刘…　Ⅲ. ①散文集—中国—当代　Ⅳ. ①I267

中国版本图书馆 CIP 数据核字（2015）第 153451 号

....

行走世界之巅：梦想与征途的五堂课
著　　者：刘　冰

出 版 人：徐义雄
策划编辑：刘碧坚
责任编辑：刘碧坚
责任校对：闻　柯

地　　址：中国广州暨南大学
电　　话：总编室（8620）85221601
　　　　　营销部（8620）85225284　85228291　85228292（邮购）
传　　真：（8620）85221583（办公室）　85223774（营销部）
邮　　编：510630
网　　址：http://www.jnupress.com　http://press.jnu.edu.cn
排　　版：广州良弓广告有限公司
印　　刷：广东广州日报传媒股份有限公司印务分公司
开　　本：787mm×960mm　1/16
印　　张：13
字　　数：193 千
版　　次：2015 年 8 月第 1 版
印　　次：2015 年 8 月第 1 次
定　　价：39.80 元

（暨大版图书如有印装质量问题，请与出版社总编室联系调换）